KB110579

제3의 동양학을 위하여

정재서

제3의 동양학을 위하여

민음사

서문

당대(唐代)의 문장가 한유(韓愈, 768~824)와 근대의 문호 노신(魯迅, 1881~1936)은 얼핏 보면 서로 닮지 않은 인물들이지만 중국 문화사상 가장 큰 변혁을 성공적으로 이루어 냈다는 점에서 공통점이 있다. 이들 두 사람은 모두 한미한 문사의 신분에서 웅대한 구상을 입론하였고 그것을 글쓰기를 통해 실천함으로써 수백 년에 걸친 완고한 학풍과 문풍을 일거에 쇄신하였다. 참신한 구상과 글쓰기를 통한 예증, 이 두 가지가 크든 작든 학문적 변혁을 꿈꾸는 이들에게 불가결한 덕목임을 역사는 말한다.

졸저 『동양적인 것의 슬픔』을 통해 우리 동양학의 슬픔을 토로하고 그것을 극복할 방안에 대해 논의한지 어언 14년의 세월이 흘러갔다. 한유의 선배로서 고문운동(古文運動)을 주도하였던 유면(柳冕)은 이론은 투철했으나 항상 실천에서 역부족임을 한탄했다지만 필자 역시 스스로의 입론이 공리공담에 그치는 것은 아닌지 두려워하고 자문(自問)하는 가운데 오늘에 이르렀다.

이른바 '제3의 동양학'이라는 표제는 우리 동양학에 만연되어 있는 오리엔탈리즘(Orientalism)과 중화주의에 대한 문제의식에서 출발하여 양자를 극복한 제3의 입장을 구축함으로써 자생적인 동양학을 수립할 수 있으리라는 전망에서 설정된 것이다. 필자는 이러한 전망을 전공인 중국 신화학을 통하여 구체화시켜 왔는데 그리스 로마 신화를 표준으로 성립된 현행 서구 신화학과 중원 중심의 중국 신화학에 대해 심문하여 '위반의 신화학' 내지 '차이의 신화학'을 부각시킴으로써 '제3의 신화학'을 건립하고자 하였다. 따라서 제3의 신화학은 필자의 제3의 동양학적 입장의 학문적 실천이라 할 것이다.

이 책 『제3의 동양학을 위하여』는 자생적 동양학을 위한 문제 제기 이래 실천을 행하는 와중에서 숙고하고, 논의하고, 대화하고, 회고한 내용들을 모아 엮은 것이다. 비록 짧지 않은 기간 동안 여러 방면에서 씌여지고 기록된 글들이어서 좀 산발적인 느낌을 주고 더러 중복되기도 하지만 '자생적 동양학'이라는 한 가지 주제를 끊임없이 의식하고 지어진 것들이어서 내재적 통일성은 견지하고 있다. 아울러 오래전에 발표되었거나 기존의 책에서 전재한 것들은 시의성이 다소 떨어질 수도 있으나 전체적인 맥락에서 취지상 그리 큰 상위는 없으므로 너그럽게 보아주시기를 앙망(仰望)한다.[1]

이 책은 다음과 같이 구성되어 있다.

제1부 '제3의 동양학은 가능한가?'에서는 제3의 동양학을 실현하기 위한 구체적 방안을 논의하였는데 논고 「제3의 동양학은 가능한가?―그 실현을 위한 예증」에서는 원전과 당대 이론과의 창조적 조우를 통한 제3의 동양학의 창출에 대해, 논고 「동양학, 글쓰기의 기원과 행로」에서는 동양 글쓰기의 역사 및 변혁의 당위성에 대해 검토하였다. 제2부 '제3의 동양학을 위한 대화'는 제1부의 보완적 파트로 동양학의 새로운 길을 모색하기 위해 한국 · 대만 · 중국의 대표적 동양학자들과 나눈 이야기들을 수록하였다. 대담 「실증의

---

1) 이 책에 수록된 글들 중 대부분은 논문집이나 단행본 등에 기고했던 글들로서 제목 · 문장 등을 수정하여 실었고 3편은 편저에서 전재하였다. 자세한 출처는 각 글의 말미에 명기(明記)하였다.

피안과 중국학의 미래」에서는 한국 동양사학계의 거두 민두기(閔斗基) 교수[2] 와 한국 동양학의 현실을 진단함과 아울러 미래의 방향을 논하였고 대담 「중심의 동양학에서 주변의 동양학으로」에서는 대만의 대표적 동양학자 공붕정(龔鵬程) 교수와 세계화 시대의 개방적이고도 호혜적인 동양학의 길에 대해 논하였으며 대담 「동양 미학이 서야 할 자리」에서는 중국 미학계의 중진인 장법(張法) 교수와 동양 미학의 고유성과 가치에 대해 논하였다. 제3부 '동아시아로 가는 길'에서는 앞서 얻어진 제3의 동양학적 입장을 바탕으로 평등한 관계의 동아시아 문화공동체를 구현하기 위한 실제적 방안에 대해 논의하였는데 논고 「동아시아 문화론의 구경(究竟)」에서는 기존의 동아시아 문화담론에 내재한 종족주의적 욕망을 비판적으로 고찰하였고 논고 「세계화 시대의 문화적 저항과 수용」에서는 무차별적 세계화에 대응하고 문화적 정체성을 확보하는 입장을 제시하였으며 논고 「동아시아로 가는 길-한·중·일 문화 유전자 지도 제작의 의미와 방안」에서는 동아시아 문화공동체를 실현하기 위한 구체적 방안에 대해 검토하였다. 마지막으로 에필로그 '동양학의 도상(途上)에서'는 필자가 그동안 동양학에 뜻을 두고 공부해 온 일들에 대한 이야기로 무슨 학문적 결산도, 모범적인 선례도 아니다. 다만 인터뷰 등을 통해 이미 공표된 내용들인 데다 제3의 동양학으로의 노정을 동학들과 공유하고 싶은 심정에서 감연(敢然)히 드러내 보인 것이다. 그저 겪어 온 대로의 과정으로 보시고 참고가 되셨으면 한다.

이제 이 책의 출간을 위해 힘써주신 분들께 감사의 말씀을 드리고자 한다. 먼저 오래도록 인내심을 갖고 기다려 주신 민음사의 장은수 대표, 노고와 성의를 다해 책을 만들어 주신 편집부와 미술부의 여러분들께 깊은 사의(謝意)를 표한다. 그리고 언제나 불민한 제자를 격려해 주시는 김학주(金學主) 노사

---

2) 선생은 대담을 가지신지 2년 후 홀연히 세상을 떠나셨다. 한국 동양학의 진로에 대해 소중한 시사를 주셨던 선생의 서세(逝世)는 크나큰 슬픔이 아닐 수 없다. 삼가 고인의 명복을 빈다.

(老師), 불초한 후학을 자상히 이끌어 주시는 이어령(李御寧) 선생님께 경모(敬慕)의 마음을 바친다. 끝으로 외로운 길을 함께 해온 이화여대 상상력 팀과 더불어 출간의 기쁨을 나누고 싶다.

2010년 11월
은행잎 가득한 이화 교정에서
저자 올림

1

제3의 동양학은 가능한가?

제3의 동양학은 가능한가?
─그 실현을 위한 예증

> "그들은 스스로 자신을 대변할 수 없고
> 다른 누군가에 의해 대변되어야 한다."
> ─카를 마르크스, 『루이 보나파르트의 브뤼메어 18일』

1 참을 수 없는 진부함 ── 정체성(正體性)

한국 동양학의 정체성에 대한 논의가 요즘 한창 진행 중이다. 2007년 6월 서울대에서 거행되었던 한국중국어문학회 주최의 '한국중국어문학 연구의 정체성 모색'이라는 주제가 그러하고 8월 중에 개최된 한국중국학회 주최의 '한국과 중국'이라는 주제도 사실상 그러한 방향을 내포하고 있다. 그러나 좀 심하게 말해 이러한 논의들은 1990년대부터 거론되어 왔던 정체성 담론의 재탕이다.[1] 아직도 정체성 논의인가? 여러 방면에서 어지간히 우려 먹었던 주제가 정체성 아니던가? 게다가 지금이 어떤 시대인가? 바야흐로 초국가(transnational) 시대, 초문화(transcultulal) 시대가 아닌가? 상상된 국가, 상상된 민족, 이런 것들이 도전받고 회의되는 시대이다. 상상된 정체성, 그것의 허구성이 폭로되는 이 시점에서 정체성 논의는 과연 무슨 의미가 있는가? 마치 부흥회의 연제처럼 해묵은 이 주제를 오늘 다시 거론해야 할

---

1) 가령 요즘 동양학 방면 학술대회의 주제는 '동양학, 고증인가 방법인가'(1996), '동양학, 글쓰기와 정체성'(1998) 등 10년도 더 된 과거에서부터 '동아시아 상상력, 오늘의 비평에도 유효한가?'(2007) 등 최근에 이르기까지 기존 학술대회에서 추구해 왔던 주제의 범주를 크게 벗어나지 않는다.

이유를 어디에서 찾아야 하나? 도대체 '그놈의' 정체성이 뭐기에.

그러나 이념과 현실태는 언제나 괴리가 크다. 당장 라이샤워(Edwin O. Reischauer), 페어뱅크(John K. Fairbank) 공저의 『동양 문화사』[2]를 펼쳐 보자. 중국의 흥망성쇠를 기술하는 공식은 주로 맬서스(T. R. Malthus)의 인구론에 입각해 있다. 난세가 되면 인구가 준다. 왕조가 성립되어 인구가 늘고 산업이 번창하면 모순이 발생한다. 그러면 다시 난세가 되어 인구가 줄고, 다시 왕조가 성립되면 인구가 늘고, 모순이 발생하고…… 매양 이런 도식으로 설명한다. 이 순환론적 도식은 근대화에 골인 못한 중국을 위해 마련된 신판 '아시아적 정체성(停滯性)' 이론이다.[3] 이것이야말로 명백한 오리엔탈리즘(Orientalism)이 아닐 수 없다. 이뿐만이 아니다. 이 책은 사실상 근대화의 달성 여부에 의해 근대 이전의 역사를 평정(評定)하고 있으므로 근대화를 멋지게 달성한 일본의 과거사는 성공할 수밖에 없는 역사로 미화되고 달성하지 못한 다른 나라들의 과거사는 실패할 수밖에 없는 역사로 귀결되어 있다. 이 과정에서 간과할 수 없는 것은 일찍이 서구의 동양학을 선점한 일본 동양학의 힘이다. 중국이든 한국이든 동아시아 제국의 문화를 기술함에 일본 동양학의 입김이 강하게 작용하고 있다. 이 입김은 헌팅턴(Samuel Huntington)의 그 유명한 '문명충돌론'에도 미쳐 한국 문화를 중국 문화에 예속시켜 놓은 반면 일본 문화는 독립시켜 놓도록 하였다.

서구 동양학의 고전이자 필독서인 이 책을 한국, 베트남 등 주변 국가의 입장에서 들여다보면 심사가 더욱 착잡해진다. 다시 말해서 서구의 대표적 중국학자인 페어뱅크와 대표적 일본학자인 라이샤워에 의해 공동 저술된 이 책은 동양 문화사를 근대 이전은 중국 중심으로, 근대 이후는 일본

---

2) 에드윈 올드파더 라이샤워, 전해종 옮김, 《동양 문화사》 상권(을유문화사, 1989), 존. K. 페어뱅크, 김한규 옮김, 《동양 문화사》 하권(을유문화사, 1992).
3) 맬서스 인구론이 본래 지배 계층, 서구 백인의 입장에서 고안된 가설임에 대해서는 이윤재, 「세계화 이념과 서구중심주의」, 《민족현실》 제6호(1998, 봄), 98쪽 참조.

중심으로 기술하도록 자연스럽게 역할 분담이 되어 있다. 이러한 구도에서 한국이나 베트남의 전통 문화는 중국의 복사판으로(일본은 예외), 근대사는 실패와 좌절의 역사로 그려진다. 여기에 중국이나 일본의 시각은 있지만 한국이나 베트남 등 주변 국가가 설 자리는 없다. 동양학의 제3세계가 엄연히 존재하고 있는 것이다. 그렇다. 초국가, 초문화 등 전지구화 시대를 수식하는 현란한 레토릭에도 불구하고 현실은 냉엄하다. 한국 혹은 한국의 동양학을 위한 시각은 부재하며 우리 이외의 어느 누구도 그것을 마련해 주지 않는다는 현실 말이다. 바로 이러한 현실 때문에 우리는 그 참을 수 없는 진부함에도 불구하고 다시 정체성 논의로 돌아가지 않을 수 없는 것이다.

2 '신화 만들기'에서 '신화 창조'로

한국 동양학의 현주소는 한 개인의 주체가 형성되는 심리적 과정을 따라 생각해 보면 쉽사리 확인된다. 라캉(J. Lacan)은 한 개인이 궁극적으로 제도 속에 안착하게 되는 상징계에 진입하기 위하여 언어가 필요하다고 말한다. 개인의 주체 형성을 위해 필요한 이 언어는 국가나 집단의 정체성 확립의 차원에서는 서사가 된다. 국가가 건립될 때 건국 신화가, 종족이 성립될 때 시조 신화가 발생하는 것은 이 때문이다. 심지어 근대 국가가 형성될 때에도 서사는 이러한 기능을 멈추지 않았다. 앤더슨(B. Anderson)이 이미 지적한 바 있듯이 신문, 근대 소설은 근대 국민으로서의 일체감을 갖게 하는 데에 결정적인 역할을 했으며[4] 사이드(E. W. Said) 또한 근대 서구

---

4) Benedict Anderson, *Imagined Communities: Reflections on the Origin and Spread of Nationalism* (London: Verso, 1993), pp.22~36.

제국의 발흥과 근대 소설의 발생을 긴밀한 관련 속에서 파악한 바 있다.[5] 그런데 이러한 서사는 단순한 이야기가 아니라 바르트(Roland G. Barthes)적 의미에서 신화적 성격을 갖는다. 바르트는 신화를 이데올로기로 이해한 바 있지만 이들 국가나 집단의 정체성을 위한 서사는 그 자체가 세계를 이해하고 설명하는 방식이거나 틀이며 그것의 구술 혹은 글쓰기의 상관물로서 신화, 소설, 담론 등의 형태를 취하게 된다. 그렇다면 이제 한국의 동양학이 정체성을 확보하기 위해 무엇이 필요한지 짐작할 수 있을 것이다. 우리에게는 새로운 신화가 필요한데 이 신화는 스스로의 인식 틀 혹은 세계관이라는 기의(記意)와 글쓰기라는 기표(記表)를 지니며 다시 바르트적 의미에서 이러한 기호가 2차적으로 파생시키는 이데올로기는 한국적 동양학이라는 정체성이 될 것이다.

그러나 한국의 동양학이 필요로 하는 새로운 신화, 그것은 만드는 것이 아니라 창조하는 것이어야 한다. '신화 만들기(Myth Making)'란 무엇인가? 그것은 기존의 권력과 제도를 유지하고 강화하기 위해 신화를 날조하는 행위이다. 이것의 역사적 예로는 한대(漢代)에 황권을 신성화하기 위해 조작되었던 참위 신화(讖緯神話)와 일제 군부가 아시아 지배를 위해 만들었던 황국 사관(皇國史觀) 등을 들 수 있다. 우리 학계는 이러한 신화 만들기로부터 자유로운가? 사실상 우리 학계에는 두 종류의 '만들어진 신화'가 만연되어 있다. 그것은 오리엔탈리즘과 중화주의라는 신화이다. 잘 알려져 있듯이 오리엔탈리즘은 서구에서 생산한 동양 지배의 신화이고 중화주의는 중국에서 생산한 주변 민족 지배의 신화이다. 우리 학계는 오랫동안 두 신화를 보급, 강화해 왔으며 이로부터 파생된 학문 권력을 기득권으로 누려 왔다. 두 신화를 거부하고 기존의 학문적 누습(陋習)과 관행(慣行)을 철

---

5) Edward W. Said, "Introduction", *Culture and Imperialism*(New York: Alfred A. Knopf inc., 1993).

폐하면서 우리는 제3의 시각을 모색해야 할 터인데 이 순간 새로운 '신화 창조(Myth Creating)'의 길로 나아가게 될 것이다.

그렇다면 한국 동양학에서 신화 창조는 어떻게 이루어져야 할 것인가? 신화 창조란 전통을 새로 세우는 일에 다름 아니다. 전통이야말로 정체성의 실질 내용이 아니던가? 흥미로운 것은 영어에서 전통은 전승(傳承, tradition)과 동의어이다. 프롭(V. Propp)에 의하면 전승, 즉 전해 내려오는 이야기는 불변 요소와 가변 요소의 두 가지 성분으로 이루어진다. 전승의 이러한 구성은 전통을 이해하는 데에 큰 시사를 준다. 즉, 전통이란 처음부터 존재했던 고유소(固有素)에 밖으로부터 들어와 내 것이 된 역사적 형성체까지 포함된 것으로 이해할 수 있다. 실상 중국 사상사만을 보더라도 이러한 현상은 너무나 당연한 것이다. 가령 오늘의 유교 전통은 원시 유교에다 외래적인 불교의 심성론과 이단적인 도교의 우주론이 더해져서 형성된 것이 아니었던가? 한국 중국학의 전통을 새롭게 세우는 일, 즉 새로운 신화 창조를 이러한 측면에서 바라볼 때 그 구체적인 작업은 어떻게 수행되어야 할 것인가?

전통의 고유소와 관련하여 우선 우리가 주목해야 할 것은 한국의 한학(漢學) 유산이다. 한국 한문학은 현재 국문학에 귀속되어 있지만 한때 한국 문학에서도 내쳐지고, 중국 문학에서도 돌아보지 않는 무주공산(無主空山)의 처지에 놓인 적이 있었다. 그러나 한국 구래(舊來)의 한학자들은 따지고 보면 한국 중국 문학자들의 선배, 선학인 셈이다. 한국 중국 문학자들이 일부 모화주의자(慕華主義者)처럼 '중국 문학의 영광'을 위해 복무하지만 않는다면 말이다. 한국의 중국 문학이 그 족원(族源)을 전통 한학에 두어야 함에도 불구하고 오늘날 둘의 관계가 소 닭 보듯 하는 사이처럼 된 것은 무엇 때문인가? 한국의 근대 학문의 발상지는 경성제국대학(京城帝國大學)이라 할 것인데 한국 중국 문학 역시 이 대학의 지나 문학과(支那文學

科)에서 출발하였기 때문이다. 한국 중국 문학의 정체성은 출발부터 심대한 문제를 안고 있었던 것이다. 따라서 전통 한학과의 관계성을 회복하는 일은 한국 중국학의 자의식 형성과 관련하여 아주 긴요하다. 우리는 전통 한학으로부터 치학(治學) 태도, 해석 관점, 창작 경향 등에서 대륙 한학과 변별되는 소중한 자산을 길어 올 수 있고 그것들은 한국 중국학의 고유한 인식 틀과 방법을 형성하는 데에 큰 도움이 될 수 있을 것이다.[6]

다음으로 전통의 가변 요소, 즉 역사적 형성체와 관련하여 추구해야 할 것은 원전 텍스트에 대한 새로운 해석의 전망을 마련하는 일이다. 바르트가 "비평의 치세(治世)"를 논한 바 있듯이[7] 근대 이전의 중국학은 사실 주석가가 지배해 왔다고 해도 과언이 아니다. 따라서 기존의 주석과 변별되는 새로운 해석의 창을 열지 않는 한 오리엔탈리즘과 중화주의를 극복한 제3의 견지를 세울 가능성은 무망(無望)하다. 우리는 먼저 원전으로 귀소(歸巢)해야 한다. 그러나 원전 읽기는 단순한 독해가 아니라 원전과 당대의 다양한 시각이 해석학적 순환을 겪는 과정이다. 텍스트의 재맥락화(Re-contextualization)라 할 이 과정에서 당대 이론과의 접합, 수용이 이루어질 것이다.[8] 바야흐로 전통의 불변 요소의 토대 위에 가변 요소를 결합시키는 것이다.

위의 두 가지 과정을 좀 더 자세히 예증해 보자. 가령 신화의 고전인

---

6) 졸고 「현 시기 고전 번역의 의미와 방안」, 『동양적인 것의 슬픔』(민음사, 2010), 171~174쪽.
7) Roland Barthes, *Image-Music-Text*(New York: The Noonday Press, 1977), pp.146~147.
8) 과거의 원전을 성립 당시의 현실과 관련지어 읽는 것이 1차적 맥락화라면 이렇게 해서 얻어진 원전의 의미를 다시 오늘의 현실과 관련지어 읽는 것은 2차적 맥락화, 곧 재맥락화라고 부를 수 있을 것이다. 원전과 현실 간의 상호 소통, 맥락화 문제에 대한 논의는 한형조, 「근대사의 경험과 동양 철학의 글쓰기」, 이승환, 「동양철학, 글쓰기 그리고 맥락」 등의 논문 참고. 이들 논문은 졸편 『동아시아 연구-글쓰기에서 담론까지』(살림, 1999)에 실려 있다. 그러나 원전 독해는 단순히 읽는 행위에만 머물지 않고 새로운 해석의 틀을 지향해야 한다. 이에 따라 필자는 1차적 맥락화를 원전에 내재한 문제를 발견하는 과정으로, 2차적 맥락화를 문제 해결을 위해 다양한 시각과 결합하는 과정으로 보다 구체적인 견지에서 이해하고 있다.

『산해경(山海經)』을 읽는다고 하자. 이 책의 주석은 주로 한대부터 명(明)·청(淸) 시기에 이르는 제국 주석가들에 의해 마련되었다. 일례로 「해외서경(海外西經)」 숙신국(肅愼國) 조(條)를 살펴보면 "숙신지국, 재백민북, 유수명왈웅상, 선입벌제, 우차취지.(肅愼之國, 在白民北. 有樹名曰雄常, 先入伐帝, 于此取之.)"라는 기록이 나온다. 여기에서 앞부분 "숙신국이 백민의 북쪽에 있다. 웅상이라고 부르는 나무가 있는데"까지의 해석에는 문제가 없다. 다음 구절인 "선입벌제, 우차취지.(先入伐帝, 于此取之.)"에 해석상 어려움이 있는데 이는 전사(轉寫) 혹은 판각(板刻) 과정에서의 오류로 자형(字形)이 달라졌기 때문이다. 동진(東晉)의 곽박(郭璞)은 이 구절에 대해 다음과 같은 주석을 달았다.

그들은 옷 없이 산다. 그러다 중국에서 성인이 대를 이어 즉위하면 이 나무에서 껍질이 나와 옷을 해 입을 수 있었다.
(其俗無衣服, 中國聖帝代立者, 則此木生皮可衣也.)

현대 중국의 신화학자 원가(袁珂)는 위의 주석을 충실히 계승하여 문제의 원문을 "성인이 대를 이어 즉위하면 이 나무에서 옷을 얻었다.(聖人代立, 於此取衣.)"로 교감, 확정한다. 중국 주석가들의 견해를 따라 이 구절을 읽을 때 우리는 해석의 "결을 거슬러 읽고(Reading against the grains)" 싶은 욕망을 느끼게 될 것이다. 왜냐하면 숙신국의 경우에서 보듯, 고대 한국을 비롯한 주변 문화의 기록이 많은 이 책을 제국의 주석가들은 중화주의의 노선에 충실하게끔 곡해(曲解)했기 때문이다. 바로 이 "결을 거슬러 읽고" 싶은 욕망, 즉 원전 독해로부터 자발적으로 일어난 문제의식이 중요하다. 이 문제의식으로부터 우리는 새로운 해석의 필요성을 절감하게 되고 그것의 해결을 위해 보다 효과적인 해석의 방식을 요청하게 될 것이다.

이 요청으로부터 우리는 1차적으로 전통 한학의 자산을 되돌아보아야 한다. 정인보(鄭寅普)는 우선 숙신(肅愼)이라는 말이 사실상 고대에서 조선(朝鮮)과 같은 발음이었다는 견해에서 숙신을 곧 고조선으로 파악한다. 안재홍(安在鴻) 역시 백민(白民)에서의 '백(白)'을 '맥(貊)'의 가차자(假借字)로 보아 숙신의 남쪽에 있다는 백민 역시 우리 민족과 관련된 맥족(貊族)의 나라로 파악한 바 있다. 이렇게 보면 웅상목(雄常木)은 중국 성군의 교화를 상징하는 기이한 나무가 아니라 고조선의 신성한 나무인 신단수(神檀樹)로 읽힐 것이다. 선학들의 이러한 견해를 이어 재야 사학자 문정창(文定昌)과 안호상(安浩相)은 "선입벌제(先入伐帝)"를 "선팔대제(先八代帝)"의 와사(訛寫)로 보아 문제의 구절을 "고대의 여덟 명의 임금이 여기에서 나왔다.(先八伐帝, 於此取之.)"라고 다분히 민족주의적인 취지에서 확대 해석한다. 여덟 명의 임금 곧 삼황오제(三皇五帝)의 출신이 고조선 곧 동이계(東夷系) 종족이라는 견해이다. 이러한 해석은 기존의 중국 주석가들의 견해를 완전히 뒤집은 것이지만 아쉽게도 교감의 근거가 부족할 뿐 아니라 파격적 주장을 지지해 줄 전후 좌증(左證)이 없어 설득력이 약하다. 논의는 이후에도 진행되어야 하겠지만 중요한 것은 이처럼 전통 한학의 자산을 활용하여 중국 주석가들의 해석을 '거슬러' 읽을 수 있는 관점을 마련하고 중국 고전에 대한 해석의 다양성을 열어 놓아야 한다는 점이다.[9]

전통 한학의 활용에 이어 2차적으로 당대적 시각과의 조우(遭遇)가 이루어질 차례이다. 여기서 유념해야 할 것은 이러한 만남이 당대 이론의 습득이 진행된 이후 그것의 적용을 실험하기 위해 텍스트가 대상으로 제공되는 것이 아니라 앞서와 같은, 텍스트에 대한 철저한 독해 과정을 통해 텍스트 자체에서 우러난 문제의식의 해결을 위해 당대 이론이 종속적, 선별

---

9) 상술한 논의 과정에 대해서는 졸역 『산해경』(민음사, 1991), 242쪽 및 졸고 「산해경 다시 읽기의 전략」, 『동양적인 것의 슬픔』(민음사, 2010), 95~96쪽 참조.

적으로 동원, 활용된다는 점이다. 이 지점에서 텍스트가 꼭 당대 이론과 조우해야 하느냐 하는 근본적인 문제 제기가 있을 수 있다. 입장에 따라 텍스트 자체 가치의 탐구에만 매진할 수도 있을 것이다. 그러나 텍스트에서 얻은 소견을 일반화하여 세계와 현실을 설명할 수 있는 보편적 '툴(tool)'을 얻고자 한다면 당대의 문제의식을 풍부히 담지한 이론들과의 조우를 피할 수 없다. 당연한 이야기이지만 우리는(심지어 텍스트만을 고수하는 사람들조차도) 결코 자신이 속한 당대로부터 이탈할 수 없기 때문이다.

이제 앞서의 논점으로 되돌아가자. 가령 우리는 『산해경』 독해에서 발생한 문제의식, 즉 화이론(華夷論)적 주석의 해결을 위해 당대의 여러 시각 중 종족주의 극복과 관련된 탈식민주의 이론을 원용할 수도 있다. 그러나 탈식민주의도 원조라 할 파농(Frantz Fanon)으로부터 중흥조인 사이드를 거쳐 스피박(Gayatri C. Spivak) · 바바(Homi J. Bhabha) · 아마드(Aijaz Ahmad) 등에 이르기까지에는 이론 기반과 관점 · 시점 등에서 많은 편차가 있기 때문에 이 모두를 『산해경』 텍스트에 그대로 적용할 수는 없다. 즉 이들은 『산해경』이라는 고유한 텍스트 내에서 맥락화의 단계를 거치면서 새로운 해석의 틀로 거듭나는 정련(精練)의 과정을 겪어야 한다. 이 과정에서 당대 이론이 갖는 지역적, 시대적, 종족적 한계들이 사상(捨象)되거나 변용될 것이다. 해석학적 순환의 과정은 여기에서 끝나지 않는다. 원전과 당대적 시각과의 조우는 원전과 현실 간 소통의 길을 이미 열어 놓은 셈인데 당연히 원전과 당대 이론이 빚어낸 새로운 해석의 틀은 이제 원전의 현실을 떠나 오늘의 현실에 대해서도 발언할 태세를 갖추게 된다. 그러나 그것은 태세를 갖춘 것일 뿐 다시금 오늘 이 시대의 맥락에 놓여져 그 유효성을 검증받아야 한다. 이 과정에서 원전은 당대적 현실의 맥락 속에서 또 한번 사상과 변용의 과정을 거치게 된다. 이러한 순환과 변증의 과정을 거쳐 얻어진, 오늘의 새로운 해석의 틀, 세계를 인식하는 틀은 결국 그것에 합당한 새로운 글쓰기를 낳게 될 것이다. 원전과 당대적 시각과의 이 기나긴 맥락화, 재맥락화의 과정, 그것은 해석학적 순환 혹은 변증적 해석학이라고 이름 붙일 만한 것으로 한국 중국학의 정체성 수립을 위해 요청되는 신화 창조 행위이다. 즉 원전과 당대적 시각과의 조우에서 빚어진 세계 인식의 새로운 틀이 이 신화의 내용이라면 글쓰기는 그것을 이야기하는 형식이 될 것이다.

3 차이의 한국 동양학 그리고 힘의 예증

신화가 자신의 세계 인식을 끊임없이 이야기를 통해 웅변하듯이 한국 동양학의 정체성을 위한 새로운 서사 역시 부단한 글쓰기를 통해 그 힘을 예증해야 한다. 이 힘의 예증을 통하여 정체성은 공고히 구현된다. 원전의 재맥락화를 이룩하지 못한 과거 우리의 동양학은 글쓰기를 통해 세계에 대해 발언하지 못했다. 세계를 인식하고 그것을 해석할 수 있는 나름의 틀을 갖고 있을 때 우리는 문학 현실, 문화 현실, 학문 현실에 대해 고유한 목소리를 낼 수 있다. 그 틀은 앞서 말했듯이 원전과 당대적 시각과의 창조적 조우에서 비롯된 것이었다. 현허(玄虛)한 담론을 떠나 다시 비근(卑近)한 예를 들어 보자. 가령 『산해경』의 상상 세계에 대한 재맥락화된 인식은 그리스 로마 신화에 대해 차이의 정치학을 작동시켜 우리의 일상화된 신화 인식을 전복시킬 수 있다. 예컨대 저인국(氐人國)의 인어 아저씨(그림1)와 서양 인어 아가씨(그림2)의 이미지를 대조해 보자. 처음 『산해경』의 저인국 이미지를 접했을 때 우리는 그로테스크한 혹은 우스꽝스러운 느낌에 사로잡힌다. 그러나 『산해경』의 이국적 상상력을 맥락화, 재맥락화하여 동아시아 상상력의 정체성을 확보한 입장에서 보면 우리의 뇌리를 선점했던 인어 아가씨의 이미지는 상대적인 위치에 놓이게 된다. 동시에 우리는 인어 아가씨를 표준으로 받아들이게 한 서구 상상력의 정치적 작용과 우리의 상상력 교육에 대해 심문하게 될 것이다. 인신우수(人身牛首)의 형상을 한 선신(善神) 염제(炎帝)(그림3)와 괴수 미노타우로스(그림4)의 이미지를 대조해 보는 것도 흥미로운 일이다.

〈그림 1〉 저인(氐人), 『산해경』「해내남경」

『산해경』의 상상 세계를 재맥락화했을 때 반인반수는 결코 흉측한 괴물이 아니라 인간과 자연의 조화로운 공존을 표상한 신성한 존재이다. 인간을 위해 농업과 의약을 발명한 염제는 이 때문에 소머리를 한 인간의 모습으로 그려진다. 그런데 염제와 똑같은 모습을 한 미노타우로스는 인간 여자와 황소 사이에서 태어나, 태생부

〈그림 2〉 존 워터하우스(John Waterhous)의 「인어」

터가 부정(不貞)한 식인 괴물로서 결국 영웅 테세우스에 의해 살해된다. 미노타우로스뿐만 아니라 그리스 로마 신화에서의 반인반수적 존재는 대부분 사악한 괴물로 인식되었는데 이를 통해 우리는 일찍이 인간 중심의 사

〈그림 3〉 염제(炎帝), 고구려 오회분 오호묘

〈그림 4〉 테세우스와 미노타우로스

고로 이행한 그리스에서 동물성을 폄하한 대신 인체를 완벽한 몸으로 간주했음을 알 수 있다. 이와 같이 동서양 신화 세계의 차이를 실감하면서 우리는 현재 표준으로 설정되어 있는 그리스 로마 신화의 신화학상 지위에 대해 문제를 제기하게 될 것이다.[10]

여기에서 더 나아가 우리는 그리스 로마 신화에 근거를 둔 해석 틀의 보편성을 회의해 볼 수도 있다. 예컨대 오이디푸스 콤플렉스(Oedipus Complex)는 지중해 연안과 근동이라는 특정한 지역에서 유행한 신화 유형에서 도출된 심리 가설임에도 불구하고[11] 이 신화가 발견되지 않는 한국, 중국 등 세계 각지의 문학, 문화 현상을 해석하는 데

---

10) 지금까지 예증한 사례들, 즉 저인과 인어 아가씨, 염제와 미노타우로스의 차이성에 대한 인식, 그로 인한 서구 상상력의 표준적 지위에 대한 심문은 사실 본문에서 서술한 것처럼 꼭 당대적 시각과의 조우라는 재맥락화의 과정 이후에만 도달할 수 있는 것은 아니다. 원전에 대한 1차적 독해 단계에서 그러한 깨달음이 동시에 이루어질 수도 있는 것이지만 그것이 현실적으로 힘을 갖는 새로운 해석 틀이 되기 위해서는 여전히 재맥락화의 과정을 거쳐야 한다는 근본적인 취지에서 윗글이 벗어난 것은 아니다. 다만 이해의 편의상 필자가 심득(心得)했던 과정을 따라 단계적으로 서술했음을 밝혀 둔다.
11) 오이디푸스 신화 유형은 보편적이지 않다. 이에 대해서는 Jaan Puhvel, *Comparative Mythology* (Baltimore: The Johns Hopkins University Press, 1987), p.3 참조.

에도 보편 이론처럼 활용되어 왔다. 서구 신화적 해석 틀의 보편성에 대한 이와 같은 회의는 자연스레 신화 비평론에 대한 회의로 이어지고 결국 동아시아 상상력에 근거한 새로운 비평적 글쓰기를 추동(推動)하게 될 것이다.[12] 가령 과보(夸父) 콤플렉스 혹은 정위(精衛) 콤플렉스는 무의식의 의식에 대한 보상 기제(補償機制)라는 차원에서 해석 틀이 될 수 있지 않을까? 동아시아 관료제라는 특유한 환경에서 성립된 회재불우(懷才不遇) 콤플렉스는 어떠한가?

그러나 유념해야 할 것은 이러한 작업이 결코 서구 학문의 보완적 행위로 귀결되어서는 안 될 것이라는 점이다. 보완적 행위로서의 지위는 호혜적인 혹은 대등한 관계에서 비롯된 것이 아니어서 여전히 종속적이다. 가령 서구의 모더니즘 예술에서 한때 원시주의(Primitivism)에 경도(傾倒)하여 당시의 예술가들은 토착민의 세계를 이상화하고 서구 사회에서 고갈된 예술적 힘의 원천을 비서구 지역에서 찾고자 하였다. 레이 초우(Rey Chow)가 이미 지적했듯이 이러한 '원시적 열정(Primitive Passion)' 또한 오리엔탈리즘 류 지배론적 관념의 소산이다.[13] 이외에도 제임슨(Fredric Jameson)이 노신(魯迅) 작품의 정치의식을 스스로 제1세계 이론가로서 지도 비평적, 교시적 입장에서 상찬(賞讚)한 것이나,[14] 제1세계 문학 정전(正典)을 보완하기 위해 소수 민족 시학(Ethnopoetics)을 제창한 일 역시 제3세계 문학을 반사적으로 이상화한 시도라는 점에서 앞서의 혐의를 벗어나지 못한다.

따라서 한국 동양학은 보완으로서의 지위를 거부하고 기존의 학문 체

---

12) 이와 관련된 시도로는 졸저 『사라진 신들과의 교신을 위하여』(문학동네, 2007) 참조. 신화 비평의 형식으로 쓰여진 이 책에서는 동아시아 상상력이 서구 상상력 횡일(橫溢)의 이 시점에서 어떻게 힘을 발휘하고 있으며 그 힘이 각국에서 어떻게 공유되거나 차이점을 보이는지 검토하였다. 아울러 그 과정에서 중국학의 현장적 글쓰기, 기존의 사실주의 비평 문법 극복 등의 취지가 수반되었다.

13) Rey Chow, *The Primitive Passion*(New York: Columbia University Press, 1995), 이 책의 전체를 관류하는 관점이다.

14) Fredric Jameson, "Third-World Literature in the Era of Multinational Capitalism," *Social Text*(Fall, 1986), pp.69~75.

계에 대해 철저히 심문하는 자세를 취해야 한다. 가령 우리는『산해경』신화 세계의 관점에서 그리스 로마 신화를 표준으로 삼아 제정된 기존 신화학의 문법에 대해 상위(相違)의 사항들을 발견하고 그것들의 체계화를 통해 동아시아 신화의 토양에 바탕한 '제3의 신화학'을 건립할 필요가 있다. 예컨대 신과 인간의 관계, 자연과 인간의 관계 등의 차이에 대한 인식으로부터 우리는 또 하나의 신화학을 건립할 수 있을 것이다.[15] 소설, 서사학의 경우도 예외는 아니다. 현실 세계를 남김없이 반영해 낼 수 있다는 확신에 근거한 서구 리얼리즘 소설론의 입장에서 중국 전통 소설은 비완결적이고 부정합적인 서사로 간주되었지만 혼돈처럼 불가해한 현실에 대한 서사적 대응이라는 차원에서[16] 중국 전통 소설은 오늘날 새로운 활용의 길을 모색해 볼 수 있다. 이와 같은 상위의 체계화, 일반화야말로 한국 동양학의 정체성이 도달해야 할 구극(究極)의 지점이다. 바로 이 지점으로부터 우리는 세계의 동양학뿐만 아니라 모든 학문이 호혜적이고 다원적인 조건 양상에서 상호 교류하는 생태적 공존에의 꿈을 현실화시켜 나가게 될 것이다.

《중국문학》 2008년 제54집)

---

15) 이른바 '제3의 신화학' 건립과 관련된 논고로는 졸고 「중국 문헌 신화 연구사에 대한 담론 분석」, 《동아시아 고대학》, 제9집(2004, 6) 및 「동서양 창조 신화의 문화적 변용 비교 연구」, 《중국어 문학지》 제17집(2005, 6) 참조.
16) W. L. Idema, *Chinese Vernacular Fiction* (Leiden: E. J. Brill, 1974), pp.125~126.

동양학, 글쓰기의 기원과 행로

글은 천 년의 침체를 벗어나게 했고,
도는 천하의 몰락을 구제했다.
──소식(蘇軾)의 한유(韓愈)를 위한 비문에서[1]

1 글쓰기와 정체성

최근 지식 사회의 여러 분야에서 행해지고 있는 글쓰기에 대한 반성적인 논의는 다양한 변주를 보이면서도 공통의 이념적 지향이 있다. 가령 인류학자 조혜정은 자신의 문제를 풀어 갈 언어, 자신의 사회를 볼 자생적이론을 갖지 못한 한국적 상황을 '식민지적'으로 규정하고 삶의 현장성에 바탕을 둔 글쓰기를 통해 이를 극복할 것을 역설한다. 또한 철학자 김영민은 우리 학계의 논문 중심주의와 원전 중심주의를 비판하면서 서구 학문의 전통에 입각한 '뜻 중심'의 글쓰기를 반성하고 '글 중심'의 글쓰기로 나아갈 것을 주장한다.[2] 그러나 이들의 이론적 개괄 이전에 실천적 차원에서 새로운 글쓰기를 시도한 이들도 적지 않다. 예컨대 국문학자 조동일은 1970년대부터 이미 난삽한 종래의 논문 어투를 혁파하고 평이한 구술적 어투의 문체를 사용함으로써 학계에 신선한 충격을 주었다. 아울러 철학자

---

1) 소식(蘇軾), 「조주한문공묘비(潮州韓文公廟碑)」: "文起八代之衰, 道濟天下之溺."
2) 이들의 주장은 각기 조혜정, 『탈식민지 시대 지식인의 글 읽기와 삶 읽기(1)』(또 하나의 문화, 1992), 김영민, 『탈식민성과 우리 인문학의 글쓰기』(민음사, 1996) 등의 저서에 잘 개진되어 있다.

김용옥 역시 고답적인 동양학계의 분위기를 깨는 파격적인 문투와 기승(氣勝)한 필세(筆勢)로 학계를 경동(驚動)시킨 바 있다. 그런데 이들의 글쓰기에 대한 논의 및 실천은 결국 한 가지 사안으로 귀결됨을 쉽사리 간파할 수 있는데 그것은 다름 아닌 학문 정체성 및 자생력의 문제이다. 사안이 이러할진대 국학 내지 동양학이 결코 이러한 문제의식에 대해 범연(凡然)할 수 없음은 자명하다. 아니 생각하기에 따라서는 이들이 다른 어느 학문 분야보다도 사안을 심각하게 인식하는 태도를 지녀야 하고 궁극적으로는 이러한 변혁 운동에 대해 아래로부터의 힘이 되어야 한다는 책무감마저 느낄 수도 있다.[3] 사실 전통 학문은 근대 이후 학문 정체성의 문제에 관한 한 가장 심대하게 타격을 입은 바 있고 따라서 그 어느 분야보다도 조속한 회복을 열망해야 할 처지에 있기도 하다. 아울러 전통 학문에 있어서의 정체성 확립 여부는 우리가 과연 법고창신(法古創新)할 수 있는가, 그 성패를 가름하는 관건이라고도 말할 수 있을 것이다.

그러나 뜻밖에도 동양학계의 경우, 이러한 사안과 짐짓 무연(無緣)한 태도를 취할뿐더러 글쓰기를 이념과는 동떨어진 단순한 글짓기의 문제로 간주하는 경향이 지배적이다. 그렇다면 글쓰기는 진정 동양학 내부에서는 사안화될 수 없는 박래(舶來) 학문, 혹은 외부 학문판에서의 문제인가? 아니면 이러한 문제의식을 느끼지 않고도 동양학을 충분히 수행할 수 있는데 소수만이 무병신음(無病呻吟)하고 있는 것일까? 이 글이 의도하는 바는 분

---

3) 조동일의 김영민에 대한 비판은 바로 이러한 국학적 저력의 견지에서 행해진 것이지만 김영민은 그와 같은 조동일의 독존적 태도에 거세게 반발하면서 이른바 '각성된 학인들'의 국학에 대한 천착을 '고고학적 국학으로의 귀소(歸巢)'로 폄하한다. 필자는 국학을 독존적으로까지 생각하진 않지만 '각성된 학인들'이 수행하는 국학마저 고고학으로 간주하는 것은 '무리(無理)'한 견해라고 본다. 실상 전통 학문의 문제는 '각성되지 않는 학인들'이 늘상 고고학을 수행하고 있는 데에 있는 것이므로 '각성된 학인들'이 귀소하는 일은 다다익선(多多益善), 언제든 쌍수를 들어 환영할 일이다. 조동일의 김영민에 대한 비평은 그의 『인문 학문의 사명』(서울대학교 출판부, 1997), 19~21쪽을 참조할 것. 다시 이에 대한 김영민의 반론은 《교수신문》(1997. 5. 12)에 실렸고 '각성된 학인들 운운(云云)'의 글귀는 그의 「글쓰기·인문학·근대성」,《열린지성》(1997년, 겨울호), 69쪽에 있다.

명하다. 즉 이 글은 중국에서의 글쓰기의 기원과 행로를 살펴 글쓰기야말로 동양의 지식 사회 내부에서 가장 민감하고 주목받는 사안들 중의 하나였다는 역사적 사실을 밝히기 위해, 그리고 그 사실이 잊힌 지금 우리의 문제적 정황을 드러내 보이기 위해 쓰였다. 다시 말해서 이 글은, 엄연히 역사적으로 존재했으나 언제부터인가 망각되어 버린 우리의 한 중요한 문제의식을 환기하기 위해 쓰인 것이다.

2 글쓰기의 기원: 갑골문(甲骨文)과 정치 신학적 글쓰기

차이의 놀이를 기본 사고로 하는 모든 곳에 이미 문자가 있었다고 보는 데리다(J. Derrrida)의 원문자(原文字) 개념에 의거하면 고유 명사, 명명법(命名法)이 출현하는 『산해경(山海經)』의 신화적 세계도 이미 문자의 시대로 진입한 것이 된다.

다시 동쪽으로 400리를 가면 '영구산'이라는 곳인데 초목은 자라지 않고 불이 많다.
(······) 이곳의 어떤 새는 생김새가 올빼미 같은데 사람의 얼굴에 네 개의 눈이 있고 귀도 달려 있다. 이름을 '옹'이라고 하며 그 울음은 자신을 부르는 소리와 같다. 이것이 나타나면 천하가 크게 가문다.
(又東西百里, 曰令丘之山, 無草木, 多火. (······) 有鳥焉, 其狀如鳥, 人面四目而有耳, 其名曰顒, 其鳴自號也. 見則天下大旱.)[4]

---

4) 『산해경』, 「남산경(南山經)」.

"새들이 제 이름을 부르며 우는" 이 세계 역시 자신의 이름이 불리는 순간, 체계에 편입되어 독립성이 말소되는 하나의 텍스트인 것이다. 데리다는 서구의 알파벳 중심주의를 타파하기 위해 무문자 사회의 원문자성을 강조한 것이지만 동양의 경우 상형 문자를 중심으로 무문자와의 분별, 표음 문자에 대한 억압이 역으로 작용하였음을 간과해서는 안 된다. 알파벳만이 로고스 중심주의 – 종족 중심주의 – 남근 중심주의 – 가부장주의로 연계되는 서구 지배론의 주요 항목들과 공모하고 있는 것은 아니다. 상형 문자 역시 상대적일 뿐 동양 문화 내부에서 앞서의 위계질서의 상위 항들과 긴밀히 상관되고 있음을 잊어서는 안 된다.[5] 다시 말해서, 이러한 지배론의 항목들은 역사 이래 인류 일반이 공유했던 성향이지 어느 한 지역의 특정한 문화 조건하에서만 형성되는 경향이 아닌 것이다. 우리는 여기에서 서구의 알파벳처럼 기본적으로는 동일한, 문자 일반으로서의 성향을 지닌 중국 문자, 그것의 기원인 갑골문(甲骨文)을 만나게 된다. 문자학자들은 갑골문 이전에도 대문구(大汶口) 문화나 앙소(仰韶) 문화 등의 도문(陶文)에서 한자의 기원을 추정해 내지만 고대에서의 비교적 성숙한 문자 활동 – 글쓰기의 출발을 생각할 때 대체로 은대(殷代)의 갑골문에 그 기원을 두어야 타당하리라 생각한다. 많은 언어학자들은 고대 제국에서의 문자 발생 혹은 운용이 종교적 목적과 밀접한 관련을 맺고 있다고 생각한다. 군주인 제사장이 갑골의 균열로서 신의(神意)를 확인하고 그 해석을 글로 새겼던 갑골문 역시 그러한 취지를 떠나 생각할 수 없음은 물론이다. 키틀리(David N.

---

5) 로고스 중심주의의 경우, 과연 중국에서도 공유되었던 성향인지는 좀 더 고려가 필요할 것이다. 다만 지배 사조인 유학이 중국 문화 내부의 견지에서 도교 등에 비해 상대적으로 합리주의, 로고스 중심적인 성향을 띤다고는 말할 수 있을 것이다. 베버(M. Weber)의 표현을 빈다면 '각양의 합리주의(different types of rationalism)' 중의 하나라 할까? 유교 합리주의로 대표되는 중국의 중심주의에 대한 필자의 기왕(旣往)의 비판은 이러한 입장에 근거한 것이다. 이에 대해서는 졸고 「신선설화 연구」(서울대학교 중문학과 박사 학위 논문, 1988)를 비롯 「서사와 이데올로기」,《상상》(1994년, 겨울호) 등 참조.

Keightley)는 점복(占卜), 조상 숭배, 공희(供犧) 등에서 발휘되고 있는 은대(殷代)의 종교 논리가 통치 행위와 관련한 관료주의적 정신으로 전변되었을 것이라고 주장한 바 있는데[6] 장광직(張光直)은 특히 이 시기의 문자와 권력 관계에 주목하여 복골(卜骨)이 샤머니즘적 의사소통을 시사하지만 그 위에 점괘를 기록하는 행위는 종교적인 것보다 정치적인 취지가 더 짙다고 판단한다.[7] 이러한 견해들을 염두에 둘 때 우리는 갑골문이 단순히 은 문화의 산물에 그치지 않고 글쓰기의 차원에서 어떻게 적극적으로 작용을 했는지 다시 생각해 볼 여지를 갖게 된다. 오늘날 남아 있는 갑골문은 대략 은대 중, 후기에 쓰여진 것들로 당시 복골을 제작하는 과정에 이미 사제(司祭)의 의도가 개입된 것으로 보는 것이 정설이다. 말하자면 초기의 순수한 주술적 행사가 후대에는 통치를 합리화하기 위한 절차적 행사가 된 것이다. 이러한 사실 자체도 글쓰기의 의식에 대한 작용을 입증하는 것이긴 하지만 이 글에서는 보다 시원적(始原的)으로 종교적 취지에 의해 갑골문이 발생할 당시의 글쓰기가 갖는 의미를 고찰하고자 한다.

주지하듯이 은대의 임금은 무군(巫君)으로서 신의(神意)를 받들어 통치하고 있었다. 여기에서 우리는 왜 그가 글쓰기의 당위성을 실감하고 그것을 이행하였던가, 의미와 문자의 상호 관계 속에서 그 이유를 고찰해 볼 필요가 있다. 본래 접신(接神)을 통해 발생하는 무군의 앎은 지극히 주관적이고 개인적인, 그리고 설명을 필요로 하지 않는, 자체로서 명증성을 지닌 그러한 앎이다. 그러나 이 앎은 무군이라는 매개자(media)로서의 신분상,

---

6) 예컨대 갑골 점복 행위에 있어서의 진술, 가(可)·불가(不可)의 물음, 조령(祖靈)의 답변 등 일련의 양식화, 구분화된 과정은 관료주의적 정신의 작동을 시사하며 조상 숭배에서의 조령의 위계질서, 세대 의식은 관료주의의 특징인 비개인성을 증진시켰다고 본다. David N. Keightley, *The Religious Commitment: Shang Theology and the Genesis of Chinese Political Culture*, *History of Religions*(Chicago, 1978), Vol. 17, No. 3·4, pp.214~220.

7) K. C. Chang, *Art, Myth, and Ritual*(Cambridge: Harvard University Press, 1983), p. 110.

개인적 무업(巫業)의 차원이 아닌 '정치적 권위(Political Authority)'[8]의 견지에서 비개인화된 앎으로 전화(轉化)될 운명을 지닌다. 이 점에서 그는 후설(Edmund Husserl)이 말한 "어떻게 기하학적 이념성이 개인의 마음에 생기는 그것 본래의 근원으로부터 그 이념적 객관성으로 나아가는가?"[9]와 비슷한 문제의식을 느끼게 되었을지도 모른다. 여기까지가 갑골문이 생산되는 동기인데 이념적 객관화는 결국 글쓰기 – 언어적 신체화의 과정을 통해 달성될 수밖에 없다. 그러나 바로 이 순간 구술성에서 문자성으로의 전환은 정신 구조상 커다란 차이를 수반할 뿐만 아니라 의미 형성물의 근원적 존재 양상의 변화를 초래한다. 즉 글쓰기는 우리의 명증적 앎에 대해 거리두기를 하면서 제한된 공간 속에 그것을 고정시킨다. 후설의 우려 섞인 표현대로라면 명증적 앎이 언어의 포로가 되어 수동적인 침전된 앎으로 화하고 마는 셈이다.[10] 이 과정에서 의미는 일정한 규칙에 의해 지배되지만 오히려 외연화될 수 있는 객관적 형식을 확보하게 된다. 바꾸어 말해 글쓰기는 우리의 의식을 재구조화할 수 있는 전횡적(專橫的) 힘을 갖게 되는 것이다. 갑골문에는 이미 그러한 변화의 모습이 보인다. 조령(祖靈)과의 문답을 위한 규격화된 문장 형식이라든가 징조를 해석하는 과정 등에서 재구조화되어 가는 의식의 변모를 엿볼 수 있는 것이다.[11] 우리는 갑골문과는 계통이 다르지만 후대의 점서인 『주역(周易)』의 괘효사(卦爻辭)에서도 글쓰기에 의한 이러한 작용이 더욱 두드러져, 형식화와 아울러 괘효의 의미가 이념적으로 조정 혹은 합리화되어 가는 과정을 확인할 수 있다. 이러한

---

8) 장광직(張光直)의 용어이다. 그는 중국 고대 문명의 성립을 정치적 권위의 흥기와 관련하여 이해한다. 자세한 내용은 K. C. Chang, 앞의 책, 107~129쪽 참조.
9) 에드문트 후설, 이종훈 옮김, 『유럽 학문의 위기와 선험적 현상학』(이론과 실천, 1993)의 부록 3. 「기하학의 기원」, 405쪽.
10) 위의 책, 409~410쪽.
11) 키틀리는 갑골문을 초기 중국인이 세계를 통제하고 구조화하고자 했던 시도의 증거로 본다. David N. Keightley, *Review Article : Ping-Ti Ho and The Origins of Chinese Civilization*, Harvard Journal of Asiatic Studies(1977), Vol. 37, No. 2, p. 400.

측면에서 볼 때, 갑골문이 정치적 권위의 형성과 관련하여 권력을 장악하기 위한 중요한 수단이 된 것이나 은대의 신학이 중국 관료제의 단초를 연 것 등[12]은 모두 글쓰기의 힘과 지대한 관련이 있음을 알 수 있다. 결국 중국 최초의 글쓰기인 갑골문은 은 문화의 산물임과 동시에 그것을 변혁시켜 새로운 차원의 문화로 나아가도록 추동한 장본이기도 한 것이다.

3 글쓰기의 행로

동양 인문주의의 개조(開祖)라 할 수 있는 공자의 언설에는 일찍이 글쓰기의 중요성을 강조한 다음과 같은 표명이 있다.

옛 책에 이러한 말이 있다. '언어는 뜻을 이루고 수식은 언어를 이룬다.'라고. 언어를 사용하지 않으면 누가 그의 뜻을 알겠는가? 언어에 수식이 없으면 사용해도 널리 알려지지 못할 것이다.

(志有之, 言以足志, 文以足言. 不言, 誰知其志? 言之無文, 行而不遠.)[13]

여기에서의 '언(言)'은 구술 언어이지만 뒤의 '원(遠)'이라는 시공간적 확대의 의미를 생각하면 문자 언어의 차원에서도 생각해 볼 수 있다. 이렇게 볼 때 공자는 글쓰기의 필요성만 강조한 것이 아니다. '언지무문(言之無文)'에서 보이듯이 효율적인 글쓰기의 방법을 강구할 필요성도 제기하고 있는 것이다. 그런데 역시 '원(遠)'이라는 시공간적 확대를 염두에 둘 때 공자가

---

12) 각기 장광직, 키틀리의 견해이다.
13) 『좌전(左傳)』, 「양공(襄公)」 25年조(條)에 인용된 공자의 말. 두예(杜預)는 앞의 '지(志)'를 '고서(古書)'로, '족(足)'을 '성(成)'으로 풀이했다.

추구했던 글쓰기는 결코 고답적이고 폐쇄적이지 않은 평이하고 개방적인 글쓰기였음을 알 수 있다. 그러나 앞서 인용한 후설의 견해에서도 나타나 있지만 진리를 표현하기 위해 글쓰기의 필요성을 인정하면서도 그것이 가져올 어쩔 수 없는 왜곡에 대한 우려라는 플라톤적인 곤혹, 글쓰기에 대한 이른바 파르마콘(pharmacon)적인 인식은 고대 중국의 지식인에게도 내재해 있었던 것 같다. 가령 노자의 그 유명한 "언어로 표현할 수 있는 진리는 이미 영원한 진리가 아니다.(道可道, 非常道)"[14]라는 천명을 비롯, 글로 쓰인 내용 모두를 작자의 찌꺼기(糟粕)로 보는[15] 장자의 관점의 밑바탕에는 글쓰기를 포함한 언어 일반에 대한 불신이 짙게 깔려 있음을 알 수 있다. 공자 역시 "덕 있는 사람은 반드시 좋은 말을 하지만 좋은 말을 하는 사람이라고 해서 꼭 덕을 지닌 것은 아니다.(有德者, 必有言. 有言者, 不必有德)"[16]라는 언명을 통해 글쓰기에 대해 제한적인 신뢰를 보낸다. 그러나 도가 측의 언어에 대한 강력한 불신에도 불구하고 이후 중국에서의 글쓰기는 결국 공자가 조화론적인 차원에서 제시한 이상적인 인간형인 군자의 "표현 능력과 내적 덕성을 아울러 갖춘(文質彬彬)"[17] 형상에 대한 지향을 따라 일정한 내용성의 전제 위에 적극적으로 추구해야 할 과제로 인식되었다.

그리하여 선진(先秦) 시대에는 글쓰기가 지식인의 중요한 삶의 지표 중 하나가 된다. 이른바 '삼불후(三不朽)'의 과업 중에 글쓰기를 포함하게 되는 것이다.

최고의 일은 덕을 이루는 것이고, 그다음은 공을 이루는 것이며, 마지막은 언설을 이루는 것인데, 비록 오래되어도 없어지지 않으니, 이것들이야말로 가치

---

14) 『노자(老子)』, 제1장.
15) 『장자(莊子)』, 「천도(天道)」: "古之人與其不可傳者死矣, 然則君之所讀者, 古人之糟粕已夫."
16) 『논어(論語)』, 「헌문(憲問)」.
17) 위의 책, 「옹야(雍也)」.

있는 일이라 할 수 있다.

(大上有立德, 其次有立功, 其次有立言, 雖久不廢, 此之謂不朽.)[18]

　　오래도록 없어지지 않는 언설은 현실적으로 훌륭한 글쓰기를 통해서만
달성될 수 있다. 춘추전국(春秋戰國) 시대에 독점적 관학이 무너지고 수많
은 개인 학파가 분립했던 제자백가 출현의 국면에서 '입언(立言)'은 당시
지식인의 글쓰기를 크게 고무하는 지향점이었다. 입언 관념은 이후 특히
개인적으로 불우한 처지에 놓인 지식인이 글쓰기를 통해 그들의 내적인
갈등을 사회적, 역사적 차원으로 승화시키는 데에 많은 영향을 주었다. 전
한(前漢)의 사마천(司馬遷)은『사기(史記)』를 찬술함에 있어, 과거의 명작들
을 모두 불행한 인물들의 '발분한 글쓰기(發憤之所爲作)'의 소산으로 간주
하고 궁형(宮刑)을 당한 상황에서 "스스로의 언설을 이룩하여(成一家之言)",
"뜻을 같이하는 사람들에게 전하기(傳之其人)"[19]를 희망한다.
　　후한(後漢)의 왕충(王充)은 어떠한가? 한미한 시골 문사로서 당시의 제
도 학문 - 경학의 모순과 문벌의 전횡에 절망한 그는 "깊은 사색으로 글쓰
기를 하는(能精思著文連結篇章)", '큰 학자(鴻儒)'[20]를 지향하여 일생『논형
(論衡)』의 창작에 종사한다. 그러나 당시 통용되던 고답적인 문체에 반대하
고 "글이 말로부터 말미암고(文由語)", "문자와 언어가 함께 가는(文字與言
同趨)"[21] 글쓰기를 추구하였던 그의 저작은 오랫동안 외면된다. 후한 말 그
의 저작이 빛을 보게 되는 과정을 갈홍(葛洪)은 이렇게 전한다.

　　왕충이 지은『논형』은 북방에서는 아무도 가진 사람이 없었다. 언젠가 채옹

---

18)『좌전(左傳)』,「양공(襄公)」, 24年조(條).
19) 이상의 사마천의 언급은 모두 그의「보임소경서(報任少卿書)」에 보인다.
20) 왕충(王充),『논형(論衡)』,「초기(超奇)」.
21) 위의 책,「자기(自紀)」.

(蔡邕)이 강동 땅에 갔다가 그 책을 보고, 훌륭한 글로써 일반 학자들을 능가한다고 찬탄하였다. 그리고 그 책을 항상 탐독하고 혼자 감춰 두었다. 중원으로 돌아온 후 다른 학자들이 그의 논의가 더욱 깊어진 것을 보고 좋은 책을 얻었는가 의심하였다. 그의 서재를 뒤졌더니 은밀한 곳에서 과연 『논형』이 나왔다. 그 중 몇 권을 들고 가려고 하니, 채옹이 말하기를 "우리끼리만 보고 널리 알리지는 맙시다."라고 하였다.

(王充所作論衡, 北方都未有得之者. 蔡伯喈嘗到江東見之, 嘆爲高文, 度越諸子, 恒愛玩而獨秘之. 及還中國, 諸儒覺其談論更遠, 嫌得異書, 搜求其帳中, 至隱處, 果得論衡. 捉取數卷將去, 伯喈曰, 唯與爾共之, 勿廣也.)[22]

갈홍의 전문(傳聞)이 사실이라면 왕충의 글쓰기는 100여 년이 지난 후에야 겨우 진가를 인정받게 된 셈이다. 그런데 중요한 것은 채옹이 왕충의 글을 읽고 난 후 동료 학자들이 체감할 수 있을 정도로 "논의가 더욱 깊어졌다.(談論更遠)"라는 사실이다. 그것은 『논형』이 '훌륭한 글(高文)'이기 때문이었다. 왕충의 글쓰기가 채옹을 비롯, 후한 이후의 반경학(反經學)적, 비판적인 지식인들에게 끼친 영향은 대단하다. 젊었을 때부터 왕충을 사숙(私淑)하여 '세속적인 학자(世儒)'가 아닌 '글쓰는 학자(文儒)'가 되고자 하였던[23] 신선가 갈홍은 벼슬을 단념하고 『포박자(抱朴子)』를 지으며 글쓰기의 필요성을 이렇게 역설한다.

통발은 버릴 수 있는 것이지만 물고기가 아직 잡히지 않았으면 통발이 없어서는 안 된다. 글은 없앨 수 있는 것이긴 하지만 도가 아직 시행되지 않았으면

---

22) 갈홍(葛洪), 『포박자(抱朴子)·외편(外篇)』, 일문(佚文).
23) 『논형』, 「서해(書解)」: "著作者爲文儒, 說經者爲世儒."
　　『포박자·외편』, 「자서(自敍)」: "洪少有定志, 決不出身. …… 著一部子書, 令後世知其爲文儒而已."

글이 없어서는 안된다.

(筌可以棄而魚未獲, 則不得無筌. 文可以廢而道未行, 則不得無文.)[24]

갈홍의 이러한 언급은 일찍이 장자가 언어와 의미와의 관계를 통발과 물고기에 비유했던 일을 패러디한 것이지만 갈홍은 장자의 취지가 언어의 한계를 지적하려는 데에 있었던 것과는 정반대의 입장을 취하고 있다. 즉 갈홍은 플라톤이나 후설의 우려와는 달리 글쓰기가 진리를 왜곡하는 것이 아니라 구현할 수 있다고 믿는 것이다. 같은 관점은 앞서 『좌전』에서의 '언어가 뜻을 이룸(言以足志)' 수 있다는 취지와도 상통한다. 그리하여 갈홍의 글쓰기에 대한 신뢰는 다음과 같은 경지에까지 나아간다.

덕행은 사실로서 드러나는 것이므로 그 우열을 알기 쉽지만 문장은 미묘하여 본질을 파악하기 어렵다. 무릇 쉽게 알 수 있는 것은 거친 것이고 파악하기 어려운 것은 정묘한 것이다.

(德行爲有事, 優劣易見. 文章微妙, 其體難識. 夫易見者, 粗也. 難識者, 精也.)[25]

갈홍의 덕행에 대한 문장 우위론은 사실상 유학의 종지(宗旨)에 대한 노골적인 도전으로 위진(魏晉) 시기 경학이 크게 쇠퇴하면서 반사적으로 문학이 자율성을 획득했던 사정과 무관하지 않다. 이미 갈홍 이전에 위문제(魏文帝) 조비(曹丕)는 "문장이 나라를 다스리는 큰 일이자 영원히 가치 있는 일(蓋文章, 經國之大業, 不朽之盛事)"[26]임을 선포한 바 있었다.

그런데 지금까지 사마천 · 왕충 · 갈홍 등의 글쓰기가 각기 일정한 분야

---

24) 『포박자 · 외편』, 「상박(尙博)」.
25) 위의 책.
26) 조비(曹丕), 『전론(典論)』, 「논문(論文)」.

에서 독보적인 영향력을 행사해 왔음에 비해 중국 학술 사상 가장 넓고 깊게 변혁을 초래한 글쓰기가 있다면 그것은 당대(唐代)의 한유(韓愈)가 주도했던 이른바 고문 운동(古文運動)일 것이다. 송(宋)·명(明) 이학(理學)은 송 이후 근대 전야까지 1000여 년 간 중국의 학술계를 지배했던 사조인 셈인데 이 사조의 성립을 위한 선구적인 인물이 한유이다. 한유는 비록 송·명 이학의 성립에 대해 철학적인 기여는 적었지만 당시 유학이 처한 위치와 나아가야 할 방향을 분명히 인식하고 이를 강력히 제시하였다. 위진 이후 도교와 불교의 공세와 침투 속에서 쇠미해진 유학의 자기 정체성의 회복, 순수한 유학 정신의 가까운 원류를 맹자에다 둔 도통 의식의 확립, 실용성, 공용성에 바탕한 유학의 시대적 소명의 자각 등의 중요한 테제들이 한유의 새로운 글쓰기 운동, 즉 고문 운동에 의해 추진된 것이다. 한유는 당시의 지배적 산문인 변려문(駢儷文)의 형식주의를 비판하며 평이하고 실용적인 위진 이전의 산문으로 돌아갈 것을 극력 제창하였는데 이는 구호상으로는 고문 부흥이지만 실제로는 신문체를 통한 사상 운동이었다. 그의 이러한 운동의 배후에는 문도 합일(文道合一), 즉 글쓰기와 진리 구현을 동일한 차원에서 보고자 하는 의식이 자리 잡고 있다.

　　인·의의 길을 다니고 시·서의 근원에서 노닌다. 길을 잃지 않고 근원을 마르게 하지 않으며 나의 삶을 다할 뿐이다.

　　(行之乎仁義之途, 遊之乎詩書之源. 無迷其途, 無絶其源, 終吾身而已矣.)[27]

　　인·의와 시·서의 합일은 곧 문과 도의 합일이다. 한유에게 있어 이 관념은 곧 '글쓰기를 통한 진리의 인식(因文見道)'과 '진리에 의한 글쓰기의

---

27) 한유(韓愈), 「답이익서(答李翊書)」.

수행(因道造文)'이 함께 존중됨을 의미한다.[28] 한유의 글쓰기 운동은 마침내 간난(艱難)의 과정을 거쳐 정착되고 이후 1000여 년 간 군림할 정통 문예 및 정통 학술의 단서를 열었다. 이 과정을 그의 제자 이한(李漢)은 다음과 같이 개괄하고 있다.

그때 사람들은 처음엔 놀라고, 중간엔 비웃고 배척했으나, 선생께서 더욱 굳세게 밀고 나가시니, 마침내는 모두가 추종하여 대세가 정하여졌다.
(時人始而驚, 中而笑且排, 先生益堅, 終而翕然隨以定.)[29]

한유의 이와 같은 성공과는 달리 그의 선배로서 일찍이 유학 부흥의 기치를 들었으나, 실패하고 만 유면(柳冕)의 통한 어린 아래의 술회는 글쓰기가 사상 운동에 있어서 얼마나 결정적인 것인가를 웅변하고 있어 이채롭다.

노부는 비록 알고 있다고는 하나 글이 되질 않고 글로 써 놓은들 뜻에 도달하질 못하오. 하물며 이미 노쇠한 터에 어떻게 창작의 기운을 고무하여 선왕의 가르침을 다할 수 있겠소.
(老夫雖知之不能文之, 縱文之不能至之. 況已衰矣, 安能鼓作者之氣, 盡先王之教.)[30]

한유의 고문 운동 이후에도 사상 운동의 선구로서 혹은 그와 동시에 행해진 글쓰기의 많은 사례를 우리는 역사 속에서 찾아볼 수 있다. 가령 중

---

28) 유대걸(劉大杰), 『중국 문학 발전사(中國文學發展史)』(臺北 ; 華正書局, 1984), 377쪽.
29) 이한(李漢), 「창려선생집서(昌黎先生集序)」.
30) 유면, 「여활주노대부논문서(與滑州盧大夫論文書)」. 그에게는 또 동일한 취지의 다음과 같은 글이 있다. 「답형남배상서논문서(答荊南裴尙書論文書)」: "小子志雖復古, 力不足也. 言雖近道, 辭則不文."

국사를 양분하다시피 한 근대에로의 변혁도 호적(胡適) 등 신문학파의 글쓰기 - 백화 문학 운동에 의해 가속화된 것임을 우리는 알고 있다. 이제 우리는 마지막으로 글쓰기의 역부족을 한탄한 유면의 글과 완연히 대조적인 또 하나의 예문을 들어 중국의 지적 전통에서의 글쓰기의 중요성에 대한 인식을 재확인하기로 한다. 그것은 다름 아닌 애국 문호 노신의 고백이다.

어리석고 나약한 국민이란, 설사 체격이 아무리 건장하다 할지라도 기껏해야 무의미한 공개 처형의 대상이나 그 구경꾼이 될 뿐이다. 그런 사람 몇이 병들어 죽는다고 해서 불행할 것도 없다. 따라서 우리들이 가장 먼저 착수해야 할 일은 그들의 정신을 개혁하는 일이다. 정신을 개혁하는 데에 가장 좋은 것은 당시의 나로서는 마땅히 문예라고 여겼다. 그리하여 문예 운동을 제창할 것을 생각했다.

(凡是愚弱的國民, 卽使體格如何健全, 如何苗壯, 也只能做毫無意義的示衆的材料和看客, 病死多少是不必以爲不幸的. 所以我們的第一要著, 是在改變他們的精神, 而善于改變精神的是, 我那是以爲當然要推文藝, 于是想提倡文藝運動了.)[31]

4 에필로그

지금까지 이 글에서는 갑골문으로부터 시작하여 중국 역사상 글쓰기의 기원과 그 대략적인 행로를 살펴보았다. 그 결과 우리는 중국 문화 속에서 전개된 글쓰기의 몇 가지 특징적인 경향을 귀납할 수 있었다. 첫째로 개인적인 차원에서 글쓰기는 불우한 개인의 정서를 사회적, 공적 이념으로 확

---

31) 노신, 「납함자서(吶喊自序)」.

대, 승화시키는 중요한 수단이었다. 둘째로 공적인 차원에서 글쓰기는 학술 운동, 정치 운동 등과 표리 관계에 있으며 그러한 운동들을 위한 가장 유력한 실천 방식이었다. 셋째로 변혁을 추구하는 대부분의 글쓰기는 현실적으로 소통성이 강한 문체를 지향하였다. 이 점에서 음성 중심적인 경향이 두드러졌다.

그렇다면 이러한 경향은 지금에도 유효한가? 우리는 글쓰기에 대한 고찰을 편의상 근대 이전으로 한정했을 뿐이지, 동양학에서의 글쓰기의 역사는 끝나지 않았다. 그것은 역사의 진행을 위해 새로운 국면으로 접어들고 있을 뿐이다. 전환기에 있는 한국 동양학의 상황에서 글쓰기의 현실은 특히나 착종(錯綜)된 양상을 보이고 있다. 우리는 우선 근대 이후 이식된 서구 학문의 배타적 객관주의와 이를 실증주의의 이름으로 이 땅에 재적용한 과거 일본의 제국 학풍으로부터 자유롭지 못하다. 전자의 경우는 이른바 논문 중심주의를 표방하면서 서구의 논리, 인식 체계에 들어맞지 않는 동양 고유의 특성을 주변화시켜 왔다. 후자의 부정적 작용 역시 우심(尤甚)하다. 그것은 국학의 이념성을 표백하여 한국 동양학을 한때 무주공산(無主空山)의 지경에 빠뜨린 바 있다. 우리 글쓰기의 문제적 현실은 여기에 그치지 않는다. 다름 아닌 동양 내부에서의 또 하나의 억압 기제라 할 만한 것인데, 한국 동양학의 입장에서 마땅히 일정한 거리를 두어야 할 중국이 바람직하지 않게 물아일체(物我一體)되어 있는 현상이 그것이다. 이 경우 한국 동양학은 중국의 그것과 도무지 변별성을 갖지 못할뿐더러 오히려 중국의 전통적인 중심주의에 길들여져 문화적 신민(臣民)의 지위를 달갑게 받아들이게 된다.

내외의 이러한 문제점들을 유념할 때 과연 한국 동양학에서의 글쓰기의 현주소가 어떠한가 반성하지 않을 수 없다. 우리는 관습적인 글쓰기를 통하여 앞서 나열한 억압 기제들을 지속적으로 재생산하고 있는 것은 아닌지, 그리고 그 과정에서 발생한 잉여 학문 권력을 기득권으로 누리고 있는 것은 아닌지, 냉정히 스스로를 되돌아볼 필요가 있다. 무엇보다도 걱정스러운 행태는 잉여 학문 권력이 낳은 의사(擬似) 정통론에 기대어 '유로(遺老)'[32]의 목소리를 내는 일이다. 반성 능력의 마비에 그치지 않고 오히려 적극적인 방어 기제를 마련하여 새로운 시도를 억압하는 이러한 행태야말로 우리 스스로 은연중 빠져들지 않도록 경계해야 할 함정이다. 그러나 세월은 가고 오는 것, 모든 단단한 것을 흔적조차 없이 녹여 버리는 그 무서운 역사의 이법(理法) 앞에 예외란 없다. 갑골문으로부터 시작된 글쓰기에 대한 긴 탐구의 여정은 우리에게 변혁의 시점에서 반드시 새로운 글쓰기가 도래한다는, 아니 새로운 글쓰기가 필연코 변혁을 수반한다는 사실을 알려 준다. 따라서 문제적 현실이 첨예하게 감지되는 한국 동양학에서 글쓰기의 문제는 이제 거부할 수 없는 사안이다. 누가 이 엄연한 역사적 교훈으로부터 끝내 도피할 수 있겠는가?

《상상》 1998년 여름호)

---

32) 노신의 『아큐정전(阿Q正傳)』을 보면, 거인노야(擧人老爺)와 조수재(趙秀才) 등의 토호들이 혁명당과 결탁하려다 좌절한 후 유로(遺老)의 기미(氣味)를 보이기 시작한다는 풍자적인 내용이 있다. 유로는 망한 나라의 애국적인 원로.

2

제3의 동양학을 위한 대화

실증의 피안과 동양학의 미래
─ 민두기 교수[1]와의 대담

학문, 자기 확대의 길고 긴 여정

정재서: 선생님께서는 그동안 공적인, 그러니까 교수직으로서의 학문 생활을 1997년에 마감하시고 정년을 맞이하셨는데 감회가 남다르시리라고 생각합니다. 우선 퇴임에 대한 선생님의 소감을 듣고 싶습니다.

민두기: 뭐, 정년 했다고는 하지만 남다른 감회가 있는 건 아닙니다. 다만 교수직으로 있으면서 긴장이 연속된 생활이었어요. 그것이 삶의 보람이기도 했지만 때로는 상당한 피곤을 가져오기도 했고……. 스스로 생각해도 공부 길에 들어선 이래로 해소되지 않았던 긴장을 여기서 좀 정리하고 이제는 느긋하게, 또 긴장이라는 게 다분히 내 밖으로부터 가해진 압력, 선생으로서의 압력, 사회인으로서의 압력에 의해서 이루어진 것이기 때문에 이

---

1) 閔斗基. 1932~2000. 전남 해남 출생. 한국의 대표적 동양사학자. 서울대 문리대 사학과를 졸업하고 서울대 인문대 동양사학과 교수와 명예교수를 역임했다. 저서로는 『중국 근대사 연구: 신사층의 사상과 활동』·『중국 근대사론 I』·『중국 근대사론 II』·『중국 근대 개혁운동의 연구』·『중국 국민 혁명의 분석적 연구』·『*National Polity and Local Power: The Transformation of Late Imperial China*』·『중국에서의 자유주의의 실험: 호적의 사상과 활동』·『중국 초기 혁명 운동의 연구』·『*Men and Ideas in Modern Chinese History*』·『중국의 공화 혁명(1901~1913)』 등이 있다.

제 그로부터 해방되어 자족의 생활을 할 수 있다는 게 아주 기쁩니다. 내가 퇴임 소식을 국내의 아는 사람들에게 전했더니 나보다 먼저 퇴임한 사람들이, 이제 압력으로부터 벗어나서 하고 싶은 말, 쓰고 싶은 글을 쓸 자유, 또는 하고 싶지 않은 것을 하지 않아도 좋을 자유를 갖게 된 것을 축하한다고 하더군요.

정재서: 그런 의미에서 선생님께 퇴임은 학문의 또 다른 출발이라고도 볼 수 있겠습니다. 아닌 게 아니라, 1997년 중국학 대회에서 기조 강연을 하실 때 인상 깊게 들었던 것이 있습니다. 그때 선생님께서 앞으로 중국학의 과제랄까, 방향에 대해서 제시하신 내용들이 상당히 자유롭고 대담한, 그리고 보다 현실화된 학문적 비전이어서 저희 후학들이 매우 고무적으로 들었습니다. 선생님께서 그동안 동양사 연구를 해 오시면서 견지해 온 학문적 소신이랄까, 추구해 오신 신념이나 모토가 있으시다면 무엇인지 듣고 싶습니다.

민두기: 특별한 것은 없고…… 다만 중국 역사학 공부를 시작할 때 자기 확대, 자기 확충이라는 자세에서 출발했어요. 내가 중국과 일체가 되어 공부하는 것이지 결코 타자로서 하는 것이 아니다! 자기 확대의 욕구를 달성하는 수단이 중국 연구였죠. 사람에 따라서는 다양한 수단이 있겠죠. 지난번 중국학 대회에서도 언급했지만 결코 중국이 좋아서, 중국을 사랑해서 시작한 것은 아닙니다. 다만 지적인 호기심을 찾다 보니까 이것을 통해 나 자신을 확대할 수 있는 것이구나 하는 생각이 들면서 대상에 대한 일체감을 느낌과 동시에 중국이라는 존재를 객체화할 수 있었던 것이죠. 그렇게 출발했어요. 사실 제가 공부할 무렵에는 중국을 연구하는 데는 좋은 조건이 하나도 없었어요. 자료도 그렇고 일반 사회의 관심도 그렇고, 거기다가 정치적인 면에서도 그렇고, 모든 게 중국을 탐구하는 데 전혀 도움이 안 됐어요. 연구비라는 게 있기는 했지만 그것도 국사학이나 국문학 하는 사

람들의 몫이었죠. 언젠가《한겨레신문》에서 그런 걸 물어보기에 거창하게 "자유 정신의 발로에서 노력을 했다."라고 이야기했습니다만 일종의 억지였죠. 이러한 악조건을 이겨 보겠다, 내가 하고 싶은 것을 못하게 하는 힘에 굴복하게 되면 내 존재가 없어진다, 이렇게 스스로의 의지를 발휘해 보려는 뜻에서 시작을 했습니다. 그런 의미에서 나의 연구 대상은 내 일부이기도 하고 철저하게 객관화된 대상이기도 했습니다.

정재서: 가끔 술좌석에서 선배들로부터 듣는, 깜깜했던 시절의 전설 같은 일화들을 창조했던 주역이 바로 선생님 같은 분 아니셨나 싶습니다. 그런데 특별히 중국 근대사에 대해 관심을 갖게 된 동기가 있으셨습니까?

민두기: 저는 근대사 이전에 고전을 공부했어요. 중국 역사, 문화의 원형이라 할 만한 한대(漢代)를 공부하다가 근대사로 내려왔어요. 그런데 우리가 근대사를 공부하기 시작할 무렵만 해도 근대사에 대한 시각은 철저하게 미국 사람들이 얘기하는, 이른바 레벤슨(Joseph Levenson)적인, 전통과 근대를 완전히 단절시켜서 전통을 이해하려는 태도였는데 그것이 적어도 어느 상황을 이론적으로 설명했으니까 매혹적이었어요. 그런데 그런 책을 읽다 보니까 중국 사람이라는 게 없어요. 중국인들은 항상 피동적으로, 때리면 때리는 것 자체에만 반응하는 식으로 생각하도록 유도한다는 말이죠. 그런데 중국에 사는 사람들도 그들 나름으로 역사를 이루어 왔을 텐데 그들의 입장은 무엇인가 하고 생각하게 된 거죠. 당시만 해도 근대사라는 것은 학문적인 영역으로 갓 정립되고 있는 시기였어요. 뭉클뭉클한 현실이었으니까요. 그 현실이 거리를 떠나서 역사화하려는 시기였죠. 따라서 지적인 도전 의식이 동했죠. 그런데 아이러니컬하게도 그것이 연구 대상으로 막 객관화되려는 시기에 그것을 해석하는 이론이 전통과 근대의 단절이라는 시각에서 출발된 거죠. 그래서 나는 그 점에 회의를 느끼고 중국의 내재적인 활동이 무엇인지 찾기 시작해서, 신사층(紳士層)의 연구를 독자적으

로 시작했어요. 그 신사층의 존재 형태를 분석하다 보니까 나중에는 그들이 무슨 일을 했는가, 어떻게 기능이나 성격을 바꾸어 갔는가 관심이 가더군요. 그래서 그것들을 중심으로 해서 전반적인 사회 성격에까지 접근하려고 했죠.

정재서: 레벤슨은 당시 미국에서의 화석화된 중국 연구를 일신(一新)한 업적이 있었지만 지금 선생님께서 지적하신 점이 커다란 한계였습니다. 선생님께서 일찍이 그 한계를 꿰뚫어 보신 안목이 놀랍습니다. 그런데 선생님께서 수행하신 신사층의 연구는 혹시 중국사를 진신(搢紳) 계층의 활동과 관련해서 설명하려 했던 에버하르트(W. Eberhard)의 입장과 어떤 교섭이 있으셨던 것은 아닙니까?

민두기: 에버하르트의 책을 읽기는 했지만 영향을 받지는 않았어요. 오히려 신사층과 대중과의 구체적인 관계를 탐색한 소공권(蕭公權) 같은 사람의 제자들에게서 많은 것을 배웠죠. 에버하르트의 책은 철학이나 사회학이지 역사학 논문은 아니죠. 그 사람 자체도 사회학자였지만요. 방법론의 차원에서 도움은 안 됐어요.

정재서: 선생님께서 레벤슨의 중국 해석 방식에 회의를 느끼시고 중국문화의 내재 동력 자체를 탐구하기 위해 중국 신사층의 역할을 역사적 문맥 속에서 파악하신 시도는 중국 문화를 어떻게 읽어야 하느냐, 고민하고 있는 지금의 저희들에게 있어서 선구적인 의미가 있지 않나 생각합니다. 아주 최근은 아닙니다만 가령 코헨(Paul Cohen) 같은 사람이 자신들의 충격(Impact) – 반응(Response) 이론을 반성하면서 중국 문화를 내재적인 역량의 차원에서 볼 것을 주장하지 않았습니까? 그래서 스승인 페어뱅크를 과감히 비판하는 주장이 나오기도 했습니다만 그런 움직임에 대해서는 어떻게 생각하십니까? 코헨의 입장이 중국사를 객관적으로 보는 데 바람직하다고 생각하십니까?

민두기: 코헨이 그 책을 마무리할 무렵에 여러 번 만나서 토의했어요. 그때 내가 그에게 한 말이 있습니다. "당신의 견해는 긍정할 만한 면이 많다. 그렇지만 페어뱅크의 입장을 충격 – 반응 이론으로 너무 정형화해서 본 것이 아니냐. 중간에 베트남전을 겪으면서 이데올로기적인 수정이 일어나서 학풍이 바뀐 것으로 당신은 생각하는데 나는 그렇게 생각하지 않는다. 그것은 당신들의 연구가 심화돼서 나온 자연적인 현상이다."라고. 사실 그렇습니다. 최초의 연구자들은 개인사를 탐구했거든요. 누구의 생애, 누구의 사상……. 이러다가 점점 깊어지니까 주제가 확대, 심화되고……. 물론 사회 분위기의 영향도 있지만 그것이 꼭 이론이 적절하지 않아서 수정했다고 보는 것은 공정하지 않다고 생각해요. 오히려 어떤 상황에서든지 주제가 많아지면 심화되는 거죠. 페어뱅크는 개척자로서 당시 미국이 필요로 했던 지적인 욕구에 부응하다 보니까 그렇게 된 거죠. 그것이 단순한 현실적 필요에서가 아니라 학문적 깊이를 더해 가다 보니까 내재적으로 들어간 것이다, 이렇게 봅니다. 코헨은 동의하지 않습디다만, 지금도 나는 미국 학계 자체 성장의 결과이지, 이데올로기적인 성찰에 의해 바뀌었다고 보는 것은 적절치 않다고 생각합니다.

실증, 학문 방법의 기본 틀

정재서: 선생님께서 그 동안 이룩하신 업적에 대해서는 국내외에서 이미 높은 평가가 나 있습니다. 선생님께서도 술회하셨습니다만 척박했던 시절의 동양사를 학문의 한 분야로 정착시킨 데에는 선생님의 공로가 지대했던 것으로 알고 있습니다. 그리고 한국에서의 중국 근현대사 연구가 세계의 중국사 연구 중에 자리매김하는 데도 선생님의 학문이 크게 기여한 것

으로 알고 있습니다. 아울러 선생님의 학문은 진지하고 근엄하며, 특히 치학(治學) 방법에 있어서는 정벽(精僻)한 고증, 즉 실증적인 것으로 정평이 나 있습니다. 이러한 특징들이 이른바 '민두기 사학'을 구현하는 힘이라고 말할 수 있을 텐데요. 그런데 선생님의 이러한 업적을 바탕으로 앞으로의 방향을 모색한다고 할 적에, 외람됩니다만 지금까지의 성취에 대해 혹시라도 있을 수 있는 이견(異見)에 대해 감히 생각해 보았습니다.

우선 어떤 학문이든지 실증적인 입장은 존중되고 선행되어야 한다는 점에 공감합니다. 그러나 이건 아주 조심스러운 생각입니다만, 국내 중국사학의 실증적 경향이 일본 학풍의 영향을 상당히 받고 있지 않은가, 즉 일본의 중국학에 경도(傾到)되어 있는 것은 아닌가 하는 의구심이 있습니다. 일본의 그러한 학풍이 자체로서는 훌륭합니다만, 가령 제국주의 시대에 이데올로기적 차원에서 민족 문화, 전통 국학의 입장 등을 사실상 실증주의라는 이름 아래 많이 사상(捨象)시켜 오지 않았나, 그리고 그러한 기제가 혹시라도 여전히 작동할 소지가 있지 않느냐 하는 우려를 가질 수도 있겠습니다. 물론 선생님의 실증주의는 그러한 우려와 무관하다고 생각합니다만, 좀 더 자세히 선생님의 실증주의에 대한 입장을 듣고 싶습니다. 그리고 또 한 가지는 다양한 방법론적인 시도, 과감하고 진취적인 가설 등이 선생님의 사학에서 얼마나 수용될 수 있을 것인지에 대해 조금 회의적인 시각이 있는 것 같은데, 이 점에 대해서는 어떻게 생각하시는지요?

민두기: 내 공부 방식이 지나치게 실증에만 치중하고 있는 것 같다는 얘기가 기저에 깔려 있는 것 같습니다만 난 이렇게 생각해요. 학술 논문이라는 것은 그 자체가 철저하게 방법입니다. 방법에 결함이 있다든지 절차에서 잘못이 있다면 어떠한 정확한 결론도 얻을 수 없어요. 다만 지금 정 교수가 실증이라고 말씀하시는 부분이 전혀 방향성을 도외시한 호사적이고 맹목적인 연구 태도를 의미한다고 하면, 왕왕 과거에는 그런 연구자들이

있었습니다. 읽다 보니까 책이 재미있어서 이거 한번 다뤄 보고, 저거 한번 다뤄 보며 취미주의적으로 연구하는 사람들이 있었습니다. 실증이라는 것은 철저하게 하면 할수록 내적 단련이 이루어지는 것이지 그것 자체가 역사의 방향을 설정하는 것은 아닙니다. 더구나 제 학문 방법론을 비판하는 분들에게 이런 얘기를 하고 싶어요. 주제 하나하나가 어떤 의도로 설정되었는가를 보고서 그것이 정말 방향성이나 체계성이 없이 설정된 주제인가, 아니면 중국 역사를 설명하고자 하는 일관된 체계하에 선택된 주제인가를 고찰하고 정말 아무것도 없을 때는 실증적인 것으로 끝났다고 얘기해도 좋습니다. 하지만 그렇지 않을 경우에는 그것이 실증적이었다고 해서 비판될 성질의 것은 아니지 않은가, 이렇게 생각합니다. 실증적인 것은 어디까지나 방법이고 그 엄격성을 떠나서는 아무런 학문도 성립할 수가 없습니다. 그리고 그 실증성이라는 것이 일본 학풍의 영향이 아니냐고 묻지만 세계 어느 연구자든지 자기가 택한 주제에 대해 정확한 자료 검증을 통해, 그리고 기존의 연구 성과를 철저하게 섭렵해서 주제 의식을 추구해 나가는 것은 마찬가지라 생각합니다. 실증이란 말이 특정한 학풍으로 잘못 이해되는 경향도 있지 않은가 하는 생각입니다.

그리고 이론이나 가설의 수용이 부족하지 않느냐 하는 지적이 있는 것 같은데 개인적인 얘기를 하나 하지요. 예전에 청대의 정치 구조나 사회 구조를 체계적으로 설명하려는 의도하에 막우제(幕友制)에 대해 쓴 논문이 있어요. 막우제를 통해서 중국 전통 정치의 기본 구조를 탐색해 보려는 의도였어요. 중국의 통치 질서는 지방 행정관을 중심으로 해서 이루어지는데 그 지방 행정관이 가지고 있는 이른바 소황제로서의 특성을 밝혀 내서 설명하는 논문이었습니다. 그런데 그 글을 쓰다 보니까 좀 더 근사하게 이론적으로 매끄럽게 다듬고 싶고 또 이런 시각을 근거 없이 얘기하면 말도 안되는 소리라고 하지 않을까 하는 생각에서 찾고 찾은 것이 바로 막스 베버(Max Weber)의 가산관료제(家産官僚制) 이론입니다. 그런데 일본 사람이 번역한 베버 책의 해당 부분을 읽어 봤더니 도무지 이해할 수가 없어요. 그래서 번역본에만 의존할 수 없어서 베버의 원전을 찾기 위해 서울 시내를 다 헤매고 돌아다녔어요. 그러다가 어느 사립대 도서관에 있는 것을 간신히 구해 읽고 그때서야 그 일본 사람 번역이 아주 틀린 것은 아니지만 부정확하다는 것을 발견하고 이 번역이라는 것은 반드시 원전과 대조를 해야 학문적으로 유용할 수 있다는 것을 깨달았습니다. 그렇게 애써서 책을 구했기 때문에 그 논문이 처음 나올 때는 막스 베버를 인용했던 기억이 나요. 그러나 나중에 책으로 나올 때는 그 부분을 삭제했어요. 생경스러워서.

그런 아이디어는 논문 작성 중에 저절로 구성되어 자연스럽게 나오는 것이지 남의 이론을 빌려서 얻어 낸다는 것은 적당한 것 같지 않아요. 그러니까 처음 공부할 때는 베버를 원용했는데 나중에는 굳이 베버에 의해 보증을 안 받아도 내가 생각해 낸 틀로 설명될 것 같더란 말이지요. 물론 베버에게 도움은 받았지만요. 이론이나 가설 같은 것, 그 자체를 도입하는 것이 적절하지 않다고 하는 것은 아닙니다. 다만 철저한 기본적 연구 위에 이론적인 방향을 모색하는 것이 좋겠죠. 바탕이 배제된 상태에서는 곤란합니다. 내 경우에는 문제를 선택할 때 주제 의식을 전개하는 가운데에 스스로의 이론이랄까 가설 같은 것이 충분히 들어 있다고 생각하는데 독자에게 그런 뜻이 잘 전달되지 않았다면 나의 표현이 미숙했기 때문이겠죠.

정재서: 그런 것은 아니고 역시 후학들이 선생님이 학문 세계를 보다 더 천착해서 완전한 이해의 경지에 도달하기에는 부족해서 그런 게 아닌가 생각합니다. 이번 말씀은 선생님의 실증주의와 방법론에 대한 입장을 보다 확실히 이해하는 계기가 될 것 같습니다. 다만 외람된 견해입니다만 한 가지 떠오르는 생각은 과연 현실과 완전히 절연된 투명한 학문이 존재할 수 있겠는가 하는 문제입니다. 실증주의 자체도 근대 이후의 산물이고 보면

그것이 형성될 당시의 역사적 동기와 목적 그리고 실증주의를 통해 구현하려고 했던 힘의 존재를 전혀 도외시하고 실증주의를 투명하게만 볼 수 없지 않나 하는 생각입니다. 그래서 저는 아직도 실증주의에 대해 일말의 혐의를 떨쳐 버리지 못하고 있습니다만 이 생각 역시 제가 선생님의 실증주의의 깊은 경지까지 아직 공부를 안 해 봐서 드는 것이겠지요.

민두기: 어쨌든 철저한 검증을 통한 사실 인식, 체계성을 가지고 주체를 파악하는 훈련이 없이 이론이나 가설을 좇는 상황이 있다고 생각해 보면 그것은 아주 공포스러운 상황입니다. 두려운 상황이죠.

정재서: 그렇습니다. 그럴 경우 남의 이론이나 가설을 입증하기 위해 학문을 하는 상황이 되지 않겠습니까.

민두기: 더구나 이론이나 가설이라는 것은 시대적인 상황에 크게 영향을 받습니다. 일반 사회 과학이라고 하면 시대 상황에 따라 설명 방식이 바뀌기도 하겠지만 문제는 역사학자라는 사람이 예컨대 IMF 사태를 해설하는 시사 평론가처럼 그런 단기적인 안목에서 연구할 수는 없는 것이거든요. 물론 역사 연구자 자신도 하나의 시민이기 때문에 시민으로서의 행동은 연구자로서의 행동과 분리될 수 있습니다, 충분히. 내가 항상 주장하는 건데, 처음 들어오는 학생들은 그걸 잘 이해하지 못해요. 그래서 시험 답안지에다가도 내 얘기를 비난하는 내용을 쓰기도 합니다만. 나 자신은 그 둘을 철저하게 구분할 수 있습니다. 하나의 시민으로서의 행동은 별개고 내가 연구한 성과를 다른 사람들이 어떻게 이용하느냐 하는 문제는 이용자의 몫으로 넘어가 있습니다. 마치 아나톨 프랑스(Anatole France)가 소설에 대해 "내가 쓴 소설은 이미 내 것이 아니다."라고 말했던 것과 같은 얘기죠. 나도 독자와 같은 입장에서 남의 연구 성과를 바탕으로 시민으로서의 견해를 표명할 수 있듯이 다른 사람도 안심하고 이용할 수 있는 자신의 성과물을 만들어 내는 것이 역사학자로서의 사명이 아닌가 생각합니다.

한국 중국학이 서 있는 자리

정재서: 그러면 이제 중국학 전반의 문제로 화제를 돌려 보겠습니다. 현재의 중국학은 사실 세계적인 학문으로 성립되어 있습니다. 중국학이 일정한 궤도에 올랐다고 생각되는 나라가 일본·미국·프랑스 등인데, 물론 중국도 있습니다만. 우선 선생님께서는 구미 쪽과 일본 쪽 중국학의 득실에 대해서 어떻게 생각하시는지요?

민두기: 아까 얘기한 것과도 관련이 됩니다만, 과거 일본 사람들의 연구가 지나치게 실증 위주로만 흐르는 경향이 없지 않았어요. 체계성이랄까 방향성보다는. 그러나 우리는 이걸 생각해야 합니다. 그렇게 해서 얻어진 연구 성과를 활용해서 이론을 제기하고 체계적인 설명을 한 사람은 서양인들입니다. 일본에는 그런 연구 성과를 체계화하려는 노력보다는 문제 자체에 매몰된 경향이 있지만 일본의 연구가 있기에 서양 사람들의 체계화가 가능했다, 다시 말해 양자는 서로 보완적이라는 점을 지적하고 싶군요. 또 근래 일본에서도 개별적인 주제에 매몰되지 않고 그것을 활용해 보고자 하는 움직임이 상당히 있어요. 따라서 두 가지 경향이 서로 결합하는 것으로도 보입니다만 서양의 경우에도 제대로 된 논문 같은 것은 그 실증성이나 견고함이 이루 말할 수가 없거든요. 다만 시각에 있어서 서양에서는 인근 사회 과학과의 협동이 아주 잘 되어 있고 표현에 있어서 고전과 현대의 구별이 거의 없어요. 그래서 어렵지 않게 인접 학문의 결과물을 공통의 문법으로 읽어 내고 잘 흡수할 수 있지요. 그런 점에서 일본은 많이 부족했는데 이를 바로잡으려는 노력이 나오고 있어요. 우리의 경우도 1950~1960년대를 거치면서 논문을 쓰는 방식이 많이 발전했습니다. 그래서 중국사를 공부하지 않은 사람도 읽을 수 있는 방향으로 글을 쓰고 있습니다. 나 자신도 주장하는 것입니다만 학문 활동이라는 것은 수준을 제고

하는 것과 제고된 수준을 여러 사람에게 보급하는 것이 병행되어야 가장 바람직스러운 것입니다. 그런데 오히려 실증주의적이라고 더러 비판받는 사람들에 의해서 표현 수단이 많이 개발됐습니다. 예를 들어 논문에 인용된 한문 원문의 번역은 가장 실증주의에 빠져 있는 것으로 생각했던 중국사 연구자들에 의해 시작된 것입니다.

정재서: 선생님께서 아까 일본 학풍과 구미 학풍에 대해 말씀하시면서 일본이 미시적인 분석에 뛰어나고 구미의 경우 그것을 연결해서 전체적으로 통찰하는 능력이 장점이라고 말씀하셨습니다. 그런데 그들의 학풍과 관련해서 제가 개인적으로 느낀 점은 구미의 동양학이 일본의 동양학에 기본적으로 너무 의존하고 있지 않은가 하는 생각입니다. 구미 동양학의 업적을 보면 결국 일본을 통해 동양을 이해하려는 성향이 있지 않은가, 일본에 의해 동양이 대변되는 경향이 있지 않은가 하는 생각을 하게 됩니다. 가령 페어뱅크와 라이샤워가 공저한 『동양 문화사』의 경우 서술 시각이라든가 논점이 일본 동양학의 성과에 너무 의존하고 있고 실제로 중국·한국·베트남 등 다른 동양 제국의 문화를 기술하는 데 있어서도 결국 근대화에 성공하고 서구의 역사 발전 모델에 들어맞는 일본의 케이스를 표준으로 삼고 있지 않나 하는 생각입니다. 말하자면 성공한 일본을 중심으로 결과론적인 논리를 상정하고 그것을 잣대로 실패한 중국이나 한국을 설명하는 방식을 취하고 있지 않나 하는 인상을 강하게 받았습니다. 이러한, 서구 동양학이 기대고 있는 일본 동양학의 힘을 제 나름대로 생각해 봤는데 그 점에 대해서 선생님은 어떻게 생각하시는지요?

민두기: 지금 정 교수가 말씀하는 것은 두 가지 차원에서 들어야겠는데요. 하나는 일본적인 연구 성과를 구미 연구자들이 이용하는 문제이고, 다른 하나는 일본적인 역사 전개 방향을 모델로 보는 시각의 문제인데 이 두 가지는 성격을 달리하는 문제인 것 같군요. 우선 일본의 미시적인 연구 성

과를 서양 사람들이 체계적으로 활용하는 데 대단히 능동적이라는 사실 자체는 전혀 비난받을 필요가 없어요. 근래 우리 연구도 수준이 높아지니까 미국 사람, 일본 사람에 의해서 인용되거나 번역, 소개되고 있어요. 그래서 구미의 중국 연구자들이 농담 삼아 하는 말이 있어요. 이제 중국 연구 그만해야겠다고요. 그 전엔 일본말 배우느라고 진땀 뺐는데 이제는 한국말까지 배워야 한다는 거죠. 그만큼 이제는 동서가 서로 교류해서 서로의 장점을 취하는 방향으로 나가고 있어요. 그것은 탓할 문제가 아니죠. 또 하나, 일본적인 역사 발전 모델이 동아시아 역사 발전을 설명하는 모델이 되고 있다는 문제는 현실적으로 한동안은 그럴 수밖에 없다고 봐야겠죠, 한동안은. 반면 이것은 하나의 방법상의 문제거든요. 그러니까 일본의 경우는 저런데 왜 다른 동아시아 국가들은 달랐을까 하는, 문제를 보는 시각을 제공했다는 측면이 있는 것이지 꼭 일본적인 모델을 가지고 그것이 없는 부정적인 측면만 다른 나라에서 찾는다고 볼 필요는 없지 않은가 생각해요.

정재서: 외람된 생각입니다만 거기에는 너무 객관화시켜서만 볼 수 없는 측면이 있지 않은가 합니다. 일본의 경우 근대화에 성공한 결과를 놓고 그 결과가 자연스러워지도록 과거의 역사가 재정위된 느낌이 있습니다. 반면 실패한 중국이나 한국의 경우는 실패할 수밖에 없는 역사를 설명한 느낌이 강합니다. 말하자면 '의도의 오류'라 할까 하는 문제가 있는 거죠. 그렇지 않습니까? 『동양 문화사』를 보면 중국사를 서술하는 방식이, 인구가 증가하고 문제가 생겨서 반란이 일어나고, 그래서 망하고 나면 인구가 감소하고, 산업이 일어나면 다시 인구가 증가하고, 또 망하고 하는 악순환의 도식으로 설명하려는 경향이 불식되지 않고 있다는 생각입니다. 물론 그런 구미의 성향을 탓하기만 할 상황은 아닙니다. 그것은 그동안 우리의 연구 성과가 부족했고 상대적으로 일본의 업적이 뛰어났기 때문에 구미인들이

그것을 바탕으로 이론화해서 그럴 수밖에 없다는 생각도 듭니다만 편향된 문제점은 분명히 존재하고 있습니다.

민두기: 그래요. 미국에서도 중국 연구 초창기에는 그런 식의 시각이 많았다는 점은 부인할 수 없어요. 그렇지만 그들의 연구가 심화되면서 그러한 경향이 수그러들고 있다는 점은 분명해요. 또 하나는 그러한 식의 초창기 편향이 요새는 거꾸로 다른 편향으로 흐르고 있어요. 가령 한동안은 일본과 한국·중국 등 다른 동양과의 차별성 아래 왜 한국과 중국은 실패했는가를 설명하기 위해 노력했는데 지금은 일본과 한국, 일본과 중국은 무엇이 같은가, 라틴 아메리카나 아랍 세계는 어려운데 왜 경제 부흥이 그쪽에서만 갑작스럽게 이루어졌는가, 일본과 한국, 중국의 동질성을 갖다 붙이려는 또 하나의 편향이 심하게 나타나고 있거든요. 나는 둘 다 기본적으로는 마찬가지 문제를 가지고 있다고 생각해요. 학문 연구자들이 너무 시류에 편승해서 얄팍한 설명을 하려고 하는 거죠. 또 요새 갑작스럽게 경제 침체가 오니까 이제 아시아 모델이라고 하는 것은 존재하지 않는다고 얘기하는데, 사실 아시아 모델이라는 것을 만든 것 자체가 건전하지 못한 시각에서 나온 것이죠. 저널리스트들이 얘기하는 것은 상관없어요. 하지만 연구자들 자신도 그런 얘기를 한다는 것은 우려할 상황이지요. 신문기자들이 해야 할 일을 연구자들이 참견하는 그런 상황이 좋지 않은 결과를 가져온다는 것이죠.

정재서: 학문이 학문 외적인 동기에 의해, 특히 시류에 의해 영향받는 것을 경계하신 것은 역시 선생님의 근엄한 학문 자세를 보여 주시는 것이 아닌가 생각합니다. 이번에는 한국의 중국학으로 넘어가서, 문(文)·사(史)·철(哲) 모든 분야가 해당되겠습니다만, 세계 중국학의 견지에서 볼 때 한국 중국학의 위상이 어떻다고 보십니까? 과연 변별력을 지니고 있는 건지요?

민두기: 1994년인가요? 타이베이에서 유럽 국제 한학 회의라는 것이 열

린 적이 있어요. 유럽의 대표적인 중국 연구자들을 불러 모아서 자기들의 연구 성과를 정리하는 모임이었죠. 그때 참관자로 선정돼서 갔었는데 리프틴(Boris Riftin)이라고, 러시아에서 문학하는 사람이 종합 토론 때 올라가서 그런 얘기를 해요. 많은 사람들이 일본의 연구 성과에서 좀 더 배워야 한다고 말을 하는데 나는 유럽 학자들이 앞으로 한국에서도 일본에 못지않게 많은 것들을 배워야 한다고 생각한다고 공개 석상에서 얘기를 하더라고요. 내가 깜짝 놀랐더니 그 사람은 전에 한국을 한 번 방문한 감상을 그렇게 얘기했다고 말하더군요. 사실 연구자의 수나 또 대학에 중국 연구 과정이 설치된 것으로 봐서는 아마 우리가 세계에서 몇째 안에 들 겁니다. 우리는 양적인 면에서 발전할 소지를 충분히 가지고 있고 그러한 업적이 머지않아 세계 학계에 두드러지게 나타날 것이라고 생각합니다. 다만 우리 연구자들이 좀 더 체계적으로 주제를 설정하고 설명 방식에 있어서 인근 사회 과학의 연구 성과를 도입한다면 훨씬 더 외국의 연구자들에게 도움을 줄 수 있지 않겠는가 하는 생각입니다. 그래서 앞으로의 문제는 인근 사회 과학의 연구 성과와 교류하고 시야를 넓히는 것이 돼야 하죠.

그리고 또 한 가지 문제점은 우리 연구자들의 전문성이라고 하는 것이 과연 외국 학자들의 이용을 감당할 만큼 충분한 것인가 하는 생각입니다. 우리는 전문성보다는 한 사람이 고대부터 현대까지를 다 아는 체하려는 풍조가 아직도 없지 않거든요. 그런 풍조가 많이 용인된 사회에서는 학문 연구가 대단히 더딜 수밖에 없습니다. 전문성이라고 하는 것이 갖춰져야 우리 연구 성과를 밖으로 내놓을 수 있지 않을까 싶습니다. 아까 일본의 연구를 말씀하셨습니다만 그들이 연구를 시작할 적에 이것을 서양 사람들이 배운다, 뭐 이런 의도 가지고 연구한 사람 아무도 없습니다. 다만 필요에 의한 연구가 쌓이고 쌓이니까 서양 사람들이 그걸 안 보고는 말할 수 없게 된 거지요. 그러니까 어느새 한 1960년대부터는 일본어가 중국 연구를 하는 데 필수 언어가 되지 않았습니까? 뭐, 그런 식이죠. 확실한 전문성을 가지고 견고한 방법을 통한 연구가 쌓이면 우리가 서양 사람한테 우리 연구가 이렇게 많이 되어 있다고 소리치지 않아도 저절로 그 사람들이 도움을 요청하지 않으면 안 될 상황이 전개됩니다. 방향 설정에 있어서만 노력을 한다면 가능성이 크다고 생각합니다.

다만 이것을 '한국적 중국 연구'라든가 하는 속된 표현으로 말합니다만 그런 것하고는 문제가 다르다는 것을 독자들이 알아주었으면 합니다. 한국적인 중국사 연구라는 것이, 또는 중국 연구라는 것이 있다고 나는 생각하지 않습니다. 한국 사람이 설명한 신해혁명이 미국 사람이 설명하는 신해혁명과 다를 수가 없거든요. 그 신해혁명은 하나뿐인데. 다만 한국 사람이면 다른 사람이 보기 어려운 시각을 가질 수 있고 또 한국 사람이면 다른 사람이 보기 어려운 자료를 활용해서 신해혁명이라는 전체 사항을 구성하는 데 도움을 주는 것이지 그것이 꼭 한국적인 중국사 연구다, 라고는 생각하지 않습니다.

정재서: 한국적인 중국학이다, 동양학이다 함은 한국 사람만이 이해하고 한국 사람을 위한 동양학이라기보다도 중국이나 일본과는 다른 학풍에서 형성된 나름의 설명 논리를 갖고 동일한 사안을 연구하여 세계 일반의 객관성을 확보했을 때 말할 수 있는 것이 아니겠습니까? 중국에 대한 다양한 해석의 한 틀로서 한국에서의 중국학이라는 말이 가능하지, 그것이 종족주의적인 차원에서의 독단적이고 고립적인 자세를 의미하는 것은 아닐 겁니다.

민두기: 그런 다양한 해석이라고 하더라도 그것은 공통된 것을 지향한 다양성입니다. 다양성의 병존 자체로서 끝나 버리는 다양성은 의미가 없습니다. 그 다양성은 설사 그 자체가 제대로 길을 못 닦고 다음 세대에 이루어진다고 하더라도 하나의 공통성을 향해서, 그것을 위해서 존재하는 다양성입니다. 그런데 왕왕 사람들이, 특히 혈기 있는 젊은 사람들이 그 상관

관계를 잠깐 망각하는 경우가 있는 것 같아요. 다양성이 병존하는 것이 올바른 방향이라고 생각하는데, 그런 방향에서는 학문이 성립할 수 없죠.

정재서: 그러면 선생님 말씀은 현재 우리가 일본이나 구미에 비해서 아직도 만족할 만한 학문 역량이나 변별력이 형성된 것은 아니지만, 앞으로 무한한 잠재력을 가지고 있고 그것은 보다 전문화된, 그리고 집중화된 학문 논의로부터 가능하다는 말씀이신가요?

민두기: 다만 그 전문화된 노력이 인근 사회 과학의 협조를 얻어서 체계적으로 나아간다면 과거 일본 사람들이 고립적으로 해 왔던 것보다도 훨씬 더 많은 도움을 세계 학계에 줄 수 있다고 생각합니다.

인접 학문과 소통하기

정재서: 그런데 폐쇄적이거나 민족주의적인 차원에서의 한국의 중국학이라는 개념이 아니고 세계 중국학의 다양성을 구현한다는 차원에서 한국의 중국학을 정립한다고 할 때 이런 문제가 있습니다. 가령 우리 중국학의 역사는 근대 이후 출발했다고 볼 수는 없지 않겠습니까? 그 이전에도 사실은 한학이라는 이름으로 선인들이 중국을 연구해 나름대로 과거의 업적이 상당 부분 있습니다. 지금 우리는 근대 이후의 학문 정신으로 중국학을 하고 있습니다만 이 경우 과거 국학의 유산 같은 것들이 현재의 중국학에 얼마나 접목될 수 있는 것인지, 그리고 그것이 세계 중국학에 있어서 한국 중국학의 변별력을 키우는 데 기여할 여지가 있는 것인지, 그 점에 대해서 선생님의 의견을 듣고 싶습니다. 가령 사학 쪽의 자료도 꽤 있지 않습니까? 과거의 문집들을 보면 『사기(史記)』, 『통감(通鑑)』 등에 대한 해석이라든가 논평 같은 것들이 많이 있습니다. 그런 것들이 현재 잘 활용되고 있

습니까?

민두기: 문학하고 사학하고는 조금 사정이 다른 것 같아요. 철학은 조금 더 다를 테고. 두 분야는 선인들의 연구가 상당히 깊이 있는 수준으로 들어가 있다고 볼 수 있겠습니다만, 역사 분야에 있어서는 우리의 연구 성과에 큰 영향을 줄 만한 자료가 있는지 단언하기 어렵습니다. 물론 앞으로 더 연구를 해 봐야겠지만요. 솔직하게 철학이나 문학도 마찬가지입니다만 우리들의 현재 학문 연구 방법은 선인들의 전통적인 연구 방법에서 나온 것은 아닙니다. 그건 분명히 인식하고 들어가야 됩니다. 우리는 기본적인 연구 방법 자체를 남에게서 배웠습니다. 다만 나 자신은 역사학 분야에서 제일 먼저 선인들의 연구 성과를 정리해 보자고 제창을 해서 그런 것을 해 본 적이 있습니다. 우리 선인들의 연구 성과가 근대적인 학문 방법으로 진행되지 않았다고 할지라도 우리가 활용하고 발전시키는 것은 필요합니다. 우리가 다른 모든 자료, 입수 가능하고 읽어야 할 모든 사료를 다루는 것과 마찬가지 차원에서입니다. 가령『사기』에 대해서라면, 일본의 연구 성과, 중국, 유럽 사람들의 연구 성과를 꼭 알아야 하듯이 마찬가지 차원에서 우리 선인들의 연구 성과도 알아야 합니다. 과거에는 우리의 환경 때문에 마치 외국에만 그런 성과가 있고 그것만 참조하면 되는 것처럼 생각했는데 이제 그것은 아닙니다. 다만 그것이 우리의 것이기 때문이라는 태도에서 연구하는 것은 적절치 못합니다. 그저 가능한 모든 자료를 연구하고 철저하게 분석한 후에 자기의 독자적 견해를 제기하는 것이 학문의 태도라고 한다면 외국의 학문을 대했던 것과 마찬가지로 선인의 성과도 받아들여야 한다는 겁니다.

정재서: 그런데 선생님, 일본 중국학의 강점으로 자타가 공인하는 고증은 단순히 근대 이후 학문 방식으로서 출발했던 것은 아닙니다. 일본의 고학(古學) 같은 한학의 전통이 근대로 넘어오면서 단절되지 않고 아주 부드럽

게 근대 이후의 학문 방식과 접합되면서 자연스레 그것이 형성된 것 아닙니까? 결국 한학 전통이 훌륭하게 살아남아서 근대 학문에 .와서도 장점으로 작용하고 있고 또 일본의 중국학을 특징 지우는 데도 큰 기여를 했다고 생각합니다. 저는 그런 차원에서 우리의 경우도 훌륭한 한학 유산이 있었는데, 없었다면 별문제입니다만, 불행히도 일제라는 수난기에 제국 대학의 제도 학문에 의해 주변화되고 타자화되면서 근대 학문으로서의 중국학과 접목되지 못한 것이 아닌가 생각합니다. 전통을 바람직하게 수용해서 특성 있는 중국학을 이룩한 일본을 바라볼 때 우리의 경우 그 단절이 학문적 변별성이나 정체성을 구현하는 데에 얼마나 불리하게 작용했을까 생각하게 됩니다. 사실 학생 시절 중국 문학을 공부하면서 그 문제가 참 커다란 고민이었습니다. 우리들이 하는 공부가 단순히 취미주의적인 것도 아니고 그렇다고 해서 중국 문학의 영광을 위해서 하는 것이라고 얘기할 수도 없고, 이 방향성의 문제가 저희들 세대에서는 지금까지도 현안이 되고 있습니다. 그런 차원과 관련해서 말씀드린 겁니다.

민두기: 그것과 상관해서 조금 부연한다면 일본의 경우는 우리와 기본적으로 다릅니다. 일본 한학엔 일찍부터 중국 연구자들이 전문화, 기능화되어 있습니다. 유자(儒者)라고 불리는 사람들 가운데서 극소수의 사람들이 아주 세밀하게 전문화되어 있어요. 그 유자들이 근대 역사학에도 상당히 도움이 됐어요. 가령 제도에 대한 연구라든지 문헌에 대한 연구를 상당히 깊숙하게 전문적으로 해 나갈 수 있는 토대를 제공한 것이죠. 그런데 우리의 경우는 워낙 한자 문화의 폭이 넓어 교양으로서의 학습이 보편화되어 있었어요. 때문에 범박하고 실용적인 부문에 이용하는 데는 대단히 능숙했지만 어떤 주제를 기능적으로, 전문적으로 파고 들어가는 전통이 우리의 선인들에게는 없었다고 봐야 됩니다. 따라서 일본과 우리의 한학은 아주 판이한 성격을 가지고 있습니다. 물론 일본의 경우에 있어서는 근대화라는

작업을 능동적으로 할 수 있었기 때문에 전통의 계승이 쉽게 이루어질 수 있었던 데 반해 우리는 전문적인 연구 성과가 없는 상황에서 강요에 의해 근대화를 이루었기 때문에 전통의 계승과 접목이 제대로 이루어질 수 없었죠. 그러나 과거 교양으로서의 중국 연구라 할지라도 다른 외국 자료를 섭취하는 것과 마찬가지로 우리의 자료를 연구하면 앞으로 도움이 될 수 있는 것이 얼마든지 나올 겁니다. 아울러 우리 한학에는 전문적인 연구 업적이 없다고 자학까지 하는 경우도 있는데 그건 전혀 그럴 성질이 아닙니다. 전체적인 학문의 수준이나 응용도, 교양 면에 있어서는 우리가 월등 낫습니다. 차원이 다른 논의죠.

정재서: 우리의 한학이 바람직하게 계승되지 못한 원인에 대한 선생님의 설명을 대체로 긍정하면서도 저는 좀 다른 생각을 하게 되는데요. 저는 꼭 일본처럼 전문화된 유자층이 근대 중국학에 기여한 케이스만이 전통 계승의 모델이라고는 생각하지 않습니다. 한국의 경우 선생님께서도 말씀하신 일본 한학과는 다른 한국 한학의 우수한 특성에 기초한, 오늘날 일본의 고증 학풍과는 다른 전통 계승의 길을 갈 수도 있었을 것입니다. 다만 일제에 의한 단절 현상만 없었다면.

이제 또 다른 문제로 넘어가고자 합니다. 대담 앞부분에서 선생님께서 초창기에 고투하셨던 얘기를 해 주셨는데 선생님 세대는 당시의 척박한 여건하에서 중국학을 일으키고자 하는 시대의 소명이 있었고 또 그에 상응한 성취가 있었다고 생각합니다. 그리고 그것은 실증적이고도 진지한 학문 자세에 바탕을 두고 이루어졌습니다. 지금 젊은 후학들이 다시 그것을 잘 계승하면서 당대의 학문적인 소명감을 느끼고 또 새로운 업적을 쌓아나가야 할 것입니다. 그러한 견지에서 지금의 후학들은 선배 세대들이 분투하면서 일궈 놓은 자리에 안주하고 그 권위를 누리려고만 하는 경향이 있지 않나 하는 스스로의 반성이 있습니다. 예컨대 선생님 시대에 있어서는 중국학이 다른 분야와의 관계를 추구하지 않아도 그 자체로서 해야 할 일이 너무 많은 상황이었습니다만 지금은 중국학이 보다 외연화, 현실화될 필요가 도래한 상황이라는 것이죠. 물론 이 현실이라는 게 정치라든지 경제적 이해 관계를 말하는 것은 아닙니다. 선생님께서도 사회 과학과의 방법상의 연계를 강조하셨습니다만, 다른 학문과의 소통적 관계라든가, 지식 사회 일반에 대한 영향 관계 등을 말씀드리는 것입니다. 이렇게 볼 때 사실 그 동안 우리 중국학이 너무 폐쇄적이지 않았나, 말하자면 자기 체계 내에서만 너무 안주해 있지 않았나 하는 점을 반성하게 되고, 그리고 이것이 현실적으로는 글쓰기에 있어서 지나친 논문 중심주의라든가 고답적이고 난삽한 문체로 나타나서 다른 학문이나 현실 세계에서는 전혀 알아들을 수 없는, 그저 자신들끼리만 논의하는 상황이 되지 않았나 생각합니다. 그래서 중국학 내의 현실화 및 외연화가 저희들 세대에서는 풀어 가야 할 현안이 되고 있습니다. 그것은 또 달라진 시대에 있어서 저희들이 담당해야 할 책무일 수도 있습니다.

더 강조해 말씀을 드리자면 글쓰기의 문제는 저희들에게 있어서 단순하지가 않습니다. 지금까지의 논문 형식이라는 것이 사실 근대 이후 서구의 논리라든가 인식 체계에 맞게 짜여진 것인데 이를 무조건 답습할 경우 서구의 지배론적인 인식 틀, 서구인들이 타문화를 읽는 틀을 우리가 그대로 재생산하고 이쪽의 고유한 요소를 스스로 사상(捨象)시킬 우려가 있지 않나 하는 차원에서도 글쓰기의 문제가 제기되고 있습니다. 이는 결국 단순한 문체상의 변화가 아니라 근본적으로 중국학을 하는 데 있어서의 정체성의 문제이기도 합니다. 이러한 사안들에 대해서 선생님의 고견을 듣고 싶습니다.

민두기: 글쎄, 정 교수의 관점과 많이 다른 얘기를 할 수밖에 없는 것이 아쉽습니다. 그런 문제에 대해서는 깊이 생각해 보지 않았으니까요. 우선

앞에서 중국 연구자들에게 다른 사회 과학 연구자들과의 교류가 필요하다는 점을 얘기했습니다만, 사실 중국 연구자들 자체 내에서도 역사학·문학·철학 하는 사람들의 교류가 상호 보완적인 형태로 잘 이루어지고 있느냐 하면 내가 보기에는 그것조차도 거의 안 돼 있거든요. 가령 서울대학교에 있을 적에 내 강의에 중문과 학생이 거의 안 들어와요. 중국 문학을 하는 데 중국 역사를 모르고 가능한가요? 노신을 공부하는 데 근대사를 모르고 어떻게 노신 문학을 알 수 있겠어요. 그것은 내 강의가 시원치 않으니까 안 들어오는 걸로 이해할 수도 있겠지만 어쨌든 그런 현상이 많습니다. 지금은 없어졌지만 논문 학점이라는 제도가 있을 적에 나는 대학원 학생들에게 의무적으로 중국 소설을 읽으라고 강요를 했습니다. 『유림외사(儒林外史)』를 읽고, 『관장현형기(官場現形記)』를 읽고, 그러고 나서 리포트 쓰고 토론하고. 아마 내 강요가 없었더라면 논문 쓰는 데 도움이 안 되는 소설을 귀찮아서 아무도 읽지 않았을 거예요. 중국 역사 하는 사람이나 문학 하는 사람이 서로를 모르고 어떻게 중국의 사유 구조를 구성해 내겠습니까. 내부의 교류가 절대적으로 필요합니다.

정재서: 전적으로 동감합니다. 그런데 중문과를 비롯, 타과 학생들이 선생님 강의를 안 들은 것은 아마 강의가 너무 엄격하고 공부를 지독히 시키신다는 선생님의 위명(威名) 때문이었을 것입니다.

민두기: 어떻게 해서 그렇게 폐쇄적으로 되었는지, 아마 정 교수가 강조하시는 일본 학풍의 영향인지 그건 잘 모르겠습니다.

정재서: 같은 동양학 분야인데도 이상하게 소 닭 보듯 하는 경향이 있습니다.

학문의 자유, 지식인의 용기

민두기: 그래요. 그런데 정 교수 세대에 들어와서 서로의 벽을 과감하게 타파하고 계시는 것 같은데 아주 반가운 현상이지만 아직도 시도의 단계일 겁니다. 또 하나는 이른바 글쓰기의 문제와 관련해서 나 자신의 얘기를 해서 미안합니다만, 실증만 하는 사람이 아니냐고 인식돼 온 사람이 한국에서 제일 먼저 전공 연구의 성과를 다른 독서층에게도 전달할 수 있는 논문이나 글을 쓰려고 했어요. 가령『신해 혁명사(辛亥革命史)』나『중국(中國)에서의 자유주의(自由主義)의 실험(實驗)』을 본다면 실증만 하는 것이 최고라고 하는 사람한테서 어떻게 그런 글이 나왔느냐고 의아해할지 모르지만 실증 그 자체가 목적인 학문은 존재하지 않습니다. 되풀이해 말하지만 체계를 갖고 개별적인 착실한 연구가 이루어진 연후에는 자연히 연구 성과를 전달하기 위해 노력하게 됩니다. 다만 문장에 있어서는 아까도 얘기했지만 학술 논문과 일반 보급의 문장과는 달라야겠죠. 학술 논문의 경우 철저한 검증을 통해 이루어지는 작업을 반영할 수 있는 나름의 독특한 방식이 있어야 할 겁니다. 앞으로는 그것도 많이 개선될 필요가 있습니다. 그러니까 철학 하는 사람이나 정치학 하는 사람이 별 부담을 느끼지 않고 중국 문학이나 중국사의 논문을 읽을 수 있는 단계에까지 와야겠죠. 그렇지만 학문 연구의 논문이 보급을 위주로 한 글과 같아서는 안 될 겁니다. 그 차이성을 인식하고 문체상의 변화를 시도해야 하겠죠. 까딱 잘못하면 이것이 보급을 위한 글인지 학문 연구의 검증을 위한 글인지 분간을 못하는 상황이 되지 않을까 하는 노파심이 들어서 부언을 합니다.

정재서: 선생님의 실증주의가 정말 이렇게 유연성을 갖고 있는 줄 몰랐습니다. 이제 모두들 선생님의 실증주의를 너무 경직된 것으로만 생각하는 고정 관념을 버려야 할 때가 아닌가 싶습니다. 아닌 게 아니라 선생님께서

는 작년에 호적(胡適)에 대해서 아주 부드러운 문체로 쓰시지 않았습니까. 호적의 생애와 사상에 대해서 쓰셨는데 그 경우는 학술서와 계몽서를 겸비한 취지로서 쓰신 겁니까? 저는 그것이 단순히 보급용만은 아니라고 생각했는데요.

민두기: 나 자신은 그렇게 의도했는데, 그 책 뒤에 학문적으로 평가받고 싶은 그러한 문제들이 상당히 있습니다. 그런 차원의 보급은 단순한 것 같지만 높은 학문적 수준 위에서 가능한 것입니다. 제 글의 수준이 높다는 것이 아니라 그렇게 하려고 노력은 했습니다. 앞으로 호적에 관한 국제 회의가 한 10여 년 계속되어도 쓸 거리는 그 책 속에 제가 얼마든지 가지고 있습니다. 그것 하나하나가 논문 형식으로 만들어 내도 될 만한 내용들입니다. 『신해 혁명사』도 마찬가지입니다. 그러니까 결국 대중적인 형태로, 쉽게 전달한다고 하는 것이 학문적인 수준을 낮추어도 좋다는 얘기하고 동일시된다면 아주 걱정스러운 일이 됩니다. 내 시도가 성공했다고 생각하진 않습니다만 학문적인 수준과 전달하는 것과의 갭을 줄이려고 했습니다. 어느 하나가 결여되는 것은 바람직하지 않은 형태라고 생각했습니다.

정재서: 학술성과 계몽성 두 가지가 겸비돼야 한다는 말씀이시군요. 그게 바로 일찍이 공자가 말한 문질빈빈(文質彬彬)의 경지가 아니겠습니까? 내용과 형식이 조화를 이루는 바람직한 상태여야 하는데요.

민두기: 그래요. 정 교수가 얘기하시는 방향이 상당히 좋다고 생각은 하면서도 우리처럼 지나간 세대의 경우는 그런 생각이 자칫하면 정확한 언어 개념으로, 또는 정확한 논리로 분석해야 할 것조차도 무슨 형용사를 과도하게 쓰는 글이 되지 않을까, 문자 그대로 노파심이 드는 거죠.

정재서: 당연히 그 점은 저희들도 유념하고 있습니다.

민두기: 논리적인 과정을 통해서밖에 쓸 수 없는 글은 요즘 베스트셀러의 글하고 같을 수 없거든요. 그 점을 알면서도 잠깐 방심하면 한쪽으로

치우치는 경향이 생길 수 있지요.

정재서: 이건 또 다른 질문입니다만, 저는 그 책을 읽으면서 호적에 대한 선생님의 시선이 객관적이고 엄정한 것보다도 따뜻하다는 느낌을 받았습니다. 학자로서 자유를 신봉했던 호적의 삶에 대해 선생님 스스로도 공감하고 계셨기 때문에 그러신 것이 아닌가 하는 생각을 했는데요, 어떻습니까?

민두기: 그렇게 생각되는 면이 전혀 없다고 하면 거짓말이겠습니다만 호적을 내가 좋아한다면 그것은 그의 사상 때문은 아닙니다. 대단히 부침(浮沈)이 심했던 시기에 자기가 필요하다고 생각하는 주장을 일관되게 지킬 수 있는 그 지적인 용기, 도덕적인 용기, 이것은 하나의 기적입니다. 동아시아 같은 상황, 아니 세계사적으로도 기적이라 할 만합니다. 모든 사람들이 비난하고, 모든 사람들이 시대적인 요청이 아니라는 얘기를 할 적에도 기본적인 방법은 이것이라는 주장을 일관되게 펼쳤고 이것이 몇십 년 뒤 다시 호응을 얻게 된 호적 행동의 존재 양태가 부럽고 존경스럽다는 것입니다. 그 사람 사상 자체에 대해서 동의하는 게 아니라는 점을 사람들이 좀 알아줬으면 합니다. 머리말에서 오늘날 도움이 될 수 있기를 바란다고 한 것은 그의 자유주의를 배우라는 뜻은 아닙니다. 그의 도덕적이고 지적인 용기, 이것이 우리에게 얼마나 결핍된 문제였어요? 정말 대단한 지조이지요. 어떻게 이런 사람이 있을 수 있는가! 호적의 존재 양태 자체가 부럽고 그것을 좋아하는 겁니다. 그런데 사실 그 사람의 도덕적 용기가 어디서 나왔는지 설명하라고 하면 현재로서는 설명을 못합니다.

정재서: 조강지처를 버리지 않은 것도……. 사실 노신을 비롯해서 그 당시 선구적 지식인들이 다 본처를 버리고 신여성, 일본 여성과 살지 않았습니까?

민두기: 사실 호적은 자기의 부인에 대해 전혀 만족하지 않았습니다. 그런 점도 제가 비교적 강조해서 썼습니다만, 호적은 자기 절제에 철저하지

않았나 생각합니다. 자기 절제가 없고서는 아무것도 이루어질 수 없었을 겁니다. 아까 제가 부럽다고 한 도덕적이고 지적인 용기는 바로 이 자기 절제에서 비롯되지 않았나 생각합니다. 호적이 "내가 내 아내에 대한 부분만 참으면 여러 사람이 행복해질 수 있는데."라고 했던 얘기를 사료에서 보면서 "야, 이건 자기 절제의 놀라운 경지다."라고 감탄했어요. 우리는 그렇게 못하거든요.

정재서: 그렇습니다. 대부분 자기 위주로 살지 그런 절제는 어려운 법인데요, 그건 유가의 극기복례(克己復禮)에서 오는 걸까요? 호적의 자유주의란 도가적인 방일(放逸)하고는 다른 차원인 것 같은데요.

민두기: 글쎄요. 사실은 그게 어디에서 어떻게 오는 것인지 앞으로 두고두고 생각해 봐야 할 겁니다. 그걸 어떻게 설명하면 좋을까 하고요. 미국 유학생인 그가 왜 유독 그러한 생각을, 더구나 그런 도덕적이고 지적인 용기를 가질 수 있었는가 잘 설명이 안 됩니다. 언젠가는 그걸 설명할 수 있기를 스스로 기대하고 있습니다.

정재서: 대담이 거의 끝나 갑니다만, 후학들에 대한 선배로서의 당부, 조언이랄까 앞으로의 동양학을 위해 들려주고 싶으신 말씀을 좀 부탁드립니다.

민두기: 당부에 앞서 내가 마침 정 교수하고 대담을 하기 때문에 독자에게 또는 정 교수에게 의견을 듣고 싶은 것은, 지금 정 교수는 중국학 혹은 동양학이라는 표현을 자주 섞어 가며 말씀하시는데 중국 연구, 중국학이라는 것은 있지만 내 생각에 동양학이라는 것은 사실 존재하지 않습니다.

정재서: 편의상 그렇게 사용한 겁니다.

민두기: 물론 나도 동양사학과 선생이었고 편의적으로 쓴 것이라는 점은 알고 있습니다. 그런데 일반적으로 동양이라고 생각되는 영역 안에 유사성보다는 차별성이 훨씬 더 많습니다. 다만 비서양이라는 개념만으로 분류가

가능할 때는 썼습니다. 그러나 지금은 비서양이라는 기준만으로 문명 체계나 사유 체계를 구분할 수는 없거든요. 개념의 정확성이 학문의 시작인데 아시다시피 그것은 용어 자체에서부터 시작됩니다. 편의적으로 우리가 쓰고는 있지만 많은 독자들은 오해할 가능성이 있습니다. 따라서 이 글을 읽는 독자들을 고려해서 그 용어가 편의적이라고 다시 한번 강조를 해 두는 것이 좋을 것 같아서 그렇습니다. 그리고 당부라는 말씀을 하셨는데 원래 제가 형식적인 거창한 말을 하기를 좋아하지 않습니다. 그런 얘기를 할 만한 재주도 없고요. 다만 중국학에 대한 제 바람은 이미 다 나왔고 다시 한번 강조하고 싶은 것은 개념의 정확성에 따른 방법, 철저한 검증, 이것은 어떤 것과도 바꿀 수 없다는 사실입니다. 물론 그 자체가 목적일 수는 없지만 가장 기본적이라는 사실은 아무리 강조해도 부족합니다. 아울러 그것이 방향성이나 체계성을 갖는 실증이고 검증이어야 한다는 겁니다. 그렇게 연구하고자 노력했던 선배 중 한 사람으로서, 젊은 사람들이 보다 철저한 연구로 내가 목적했으나 미처 이루지 못한 분야들까지 비판하고 극복해 줬으면 합니다.

정재서: 무심한 발언 하나에 대해서도 엄정하게 개념을 다잡으시려는 선생님의 진지하신 자세에 정말 감탄했습니다. 그 자체가 이미 다음에 말씀하신 당부를 웅변하신 것 같습니다. 마지막으로 아까 퇴임 소감을 통해 이제부터 정말 자유로운 삶을 살 수 있다고 하셨는데 앞으로의 계획을 듣고 싶습니다.

민두기: 글쎄, 시간적인 여유가 허락한다면 중고등학생들을 대상으로 한 『중국사 개설』이나 『중국 근대사』를 쓰고 싶다는 생각을 합니다. 역사 인식을 처음 시작하는 사람들에게 정확하게 역사를 전달할 필요가 있다는 점과 그것이 아직 우리 나라에 없었던 만큼 우리 같은 사람들이 해야 할 것이 아닌가 하는 사명감을 느끼고 있습니다. 여태까지의 학문적인 연구

성과를 총정리한 그런 의미에서의 중고생을 위한 개설서를 쓰고 싶다는 거죠. 또 하나의 목표는 호적을 쓴 것과 같이 구추백(瞿秋白)에 대해서 쓸 준비를 하고 있습니다. 둘은 서로 대조적인 생애를 살았으면서도 호적이 어느 의미에서 자신의 신념을 굽히지 않고 승리했다면, 스스로 자기의 패배를 자인한 비극적 인물이 구추백이죠. 하나는 자유주의의 지도자고 하나는 공산당의 지도자인데 나중에 그 둘을 비교하는 시각을 독자들에게 제공해 주었으면 좋겠어요.

정재서: 모쪼록 선생님이 구상하신 작업들이 순조롭게 이루어져 계속 대작을 낳는 생산적인 시간이 되시길 빕니다. 오늘 선생님과의 대담은 저 개인뿐만 아니라 이 글을 읽게 될 후학들에게도 무척 의미 깊은 자리였습니다. 무엇보다도 선생님의 엄정한 학문 자세와 철저한 치학(治學) 방법은—사실 제가 세어 보니까 대담 중 선생님께서 '철저한'이란 수식어를 열 번쯤 사용하셨습니다. —오늘에도 더할 나위 없이 소중할 뿐만 아니라 사실 그러한 선배들의 노력이 있었기에 오늘의 중국학이 존재한다 할 것입니다. 앞으로도 저희 후학들을 계속 질타, 지도해 주시고 늘 강녕하시길 기원합니다. 장시간 대담에 응해 주셔서 정말 감사합니다.

민두기: 감사합니다. 나 역시 오늘 후배인 정 교수와 이렇게 기탄 없이 얘기를 나눈 것을 기쁘게 생각합니다. 앞으로 더욱 노력하시기를 바랍니다.

(《상상》 1998년 여름호)

중심의 동양학에서 주변의 동양학으로
─공붕정 교수[1]와의 대담

정재서: 중국 학계에서 명망이 높은 공 교수님을 이렇게 뵙게 되니 실로 기쁨이 큽니다. 이번에 한국을 방문해 학술 발표에 여념이 없으신데도 대담에 응해 주셔서 감사드립니다. 주지하듯이 최근 전세계의 정치적, 경제적 현실이 급변하고 있으며 학술계의 환경에도 커다란 변화가 일어나고 있습니다. 바야흐로 세계화와 정보화가 급속히 진행되고 있는 상황에서 우리 동아시아의 문화는 앞으로 어떻게 대처해야 하며 또한 미래에 대해 어떠한 전망을 세워 나가야 할지, 대강 이러한 주제를 두고 오늘 말씀을 나눴으면 합니다.

공붕정: 네, 사실 우리 동아시아 지역에서는 요즘 그러한 주제를 두고 논의가 한참 진행 중인 것으로 알고 있습니다. 특히 경제의 세계화가 진행되면서 중화 문화 곧 화하 문화(華夏文化)가 궁극적으로 낙관적이냐 비관적이냐에 대해 의견이 많습니다. 일부 중국인들은 21세기를 '중국인의 21세

---

1) 龔鵬程(공펑청). 1956년 대북(臺北) 출생. 대만의 대표적 중국문학자. 대만사범대학 국문과를 졸업하고 대만 불광대학(佛光大學)과 남화대학(南華大學)의 초대 총장을 역임했다. 현재 룩셈부르크 유럽아시아 대학(盧林堡歐亞大學) 말레이 서아시아 분교(馬來西亞分校) 학장을 맡고 있다. 중국 대륙에서는 북경대학 및 남경대학 객원교수, 북경 사범대학 특별초빙교수 등을 지냈다. 『중국소설사론』 등 70여 편의 저작이 있다.

기'라고도 얘기합니다. 현재 전지구적 자본주의 체제 안에서 동아시아의 전반 사회 구조와 경제 구조는 서구 자본주의 문화의 확대 과정 속에 포괄되어 있습니다. 먼저 정보화를 살펴보면, 대만에서는 이를 자신화(資訊化)라고 말하는데 네트워크 속의 언어는 영어가 당연히 공용어로 군림하고 있습니다. 이와 더불어 젊은 세대는 모든 유행이 서구의 영향을 받고 있는데, 예컨대 맥도널드로 인해 음식 습관까지도 바뀌었습니다. 여성들이 입는 옷도 서구의 스타일이고 영화 또는 TV에서도 서구 문화를 선망합니다. 이러한 경향에 대해서는 많은 진단들이 있으나 도대체 앞으로 어떻게 될 것인가는 아무도 모릅니다. 그렇지만 희망하는 것은 다원화한 세계화이지요. 그리고 그러한 세계화가 미래에 이룩된다면 21세기는 우리 아시아인들의 세기 혹은 중국인의 세기라고 감히 말할 수 없게 되겠지요. 사실 이런 말들은 패권주의의 소산이지요. 앞으로 세계화가 어떻게 진행되건, 불리해진 세계화의 환경 속에서도 우리들은 가능한 한 최선을 다해 다원화한 세계화의 공간을 열어 나가야 할 것입니다. 이렇게 다원화한 공간 안에서 서구 문화와 협조하고 공존할 수 있을 것입니다. 세계가 단일하게 통제된 사회가 아니라 동락(同樂)하는 사회가 되기를 바랍니다. 이렇게 될 때에 동아시아 문화는 가치와 지위를 갖게 될 것이며 제국주의에 대해 더 이상 두려워하지 않게 되겠지요.

정재서: 바로 이러한 시점에 주목해 어떤 학자들은 진단하기를, 현재 아시아 국가들의 상황이 근대 시기에 서구의 충격(Western impact)을 받았던 현실과 유사하다고 합니다. 그리하여 현재 모든 동아시아 국가들이 당면한 커다란 문제는 어떻게 문화적 주체성을 유지할 수 있을까 하는 것과 아울러 세계화 및 정보화의 극심한 변화에 어떻게 적응할 것인가 하는 것입니다. 특히 일부 학자들은 전통 문화, 예컨대 유교 문화를 가지고 현재 자본주의의 문제점들을 극복하고 새로운 문명의 세기를 창안할 수 있다고 주

장합니다. 이러한 주장을 유교자본주의 또는 신유가(新儒家)라고 부릅니다만, 신유가 학자들, 예컨대 두유명(杜維明) 같은 학자는 동아시아 문명의 미래에 대해 비교적 낙관적으로 전망하고 있습니다. 싱가포르의 이광요(李光耀) 전 수상 역시 이와 같은 견해를 갖고 있다고 하겠지요. 한국에도 그러한 견해들이 있습니다. 이에 대하여 어떻게 생각하십니까?

공붕정: 이 문제에는 여러 가지 서로 다른 상황과 문제들이 내포되어 있습니다. 서구의 현대화가 어느 일정한 수준까지 발전하면서부터 서구인 자신이 많은 반성을 하기 시작했습니다. 이러한 반성 중에는 서구의 병폐를 치유할 수 있는 사상적인 자양을 비서구 문화에서 찾아내자는 움직임이 있습니다. 예를 들면 슈마허(E. F. Schumacher) 같은 사람은『아름다운 작은 세계(Samll is Beautiful)』라는 저서에서 '불교경제학'을 말했습니다. 불교경제학은 자본주의가 소비를 자극하고 욕망을 고무시켜 자연 자원을 과도하게 낭비시키고, 사람들로 하여금 더욱더 탐심을 갖게 하여 에너지 자원의 고갈, 자연환경의 파괴, 인간관계의 해체 같은 많은 문제들을 유발시킨다고 비판합니다. 그리하여 청빈의 사상으로 과도한 번영과 부유함을 버리고 조금 빈곤하더라도 절약하는 것이 오히려 좋다는 취지로 나아가는 것이지요. 일부 신유가들도 이러한 관점에서 유교 사상이 현대화를 방해하는 것이 아니고 서구의 사상처럼 자본주의 경제 발전을 촉진한다고 주장합니다. 아시다시피 아시아의 네 마리 작은 용(한국·대만·홍콩·싱가포르)과 일본을 그 실례로 들고 있습니다. 이러한 견해는 타당성이 있기도 하지만 문제점도 갖고 있지요. 예를 들어 지난날 일본의 경제가 좋았을 때 그 원인을 문화적으로 연결시켜 유교자본주의를 거론했습니다. 그러나 최근 일본의 경제가 내리막길을 걸을 때 그러한 설명 방식은 설득력이 없습니다. 그것은 경제 구조상의 문제이지 문화상의 문제로 볼 수가 없기 때문입니다. 싱가포르의 이광요 전 수상이 제창한 이른바 '아시아적 가치'도 문화 정체

성을 지킨다는 입장에서 이해는 하지만 그것을 가지고 서구의 패권주의에 대항한다는 발상은 지나치게 폐쇄적입니다. 과거의 전통만을 고집하면서 살아가기에 오늘날 세계화의 상황은 너무나 다변적이고 복합적입니다.

정재서: 선생님의 말씀은 기왕의 것을 너무 고수하는 태도에서 벗어나 임기응변해 나아가야 한다는 입장인데요. 이러한 입장이 과연 지금까지 중국 문화가 지니고 있는 이른바 초안정구조(超安定構造)의 속성을 극복할 수 있겠는지요? 근대 이래 많은 계몽주의자들이 중국이 바뀌어야 한다고 말해 왔지만 사실상 중국의 본질은 변하지 않았다고 보는 시각도 있습니다. 이러한 견해에 대해 어떻게 생각하십니까?

공붕정: 유럽 사람을 예로 들어 프랑스인·독일인·영국인을 막론하고 겉모습이 비슷하게 보이듯이 이렇게 외부에서 중국을 볼 때에 그 느낌들이 한결같겠지요. 그러나 중국인이 중국 내부를 들여다보면 변화가 너무나 큽니다. 그 변화는 우선 관념상에서 보입니다. 예를 들면 남녀가 결합할 때에 연분이라고 말하는데 연분은 본래 불교의 관념이지요. 그러나 중국인들은 모두 연분을 말합니다. '관념'이란 말 자체도 원래 중국의 개념은 아니지요. 『역경(易經)』 등에서의 전통적인 '관(觀)'은 외재적인 사물을 보는 것이었는데, 불교가 들어온 뒤에 중국의 '관'은 외물을 보지 않게 되었습니다. 외향적인 '관'에서 내향적인 '관'으로 바뀐 것입니다. 그리하여 중국의 문화가 점점 안으로 향하는 경향을 보여 주었지요. 다시 말해 중국인의 관념상에서 보면 이것은 아주 커다란 변화이며 불변이 아닙니다. 전통을 말하자면, 특히 중국의 유교 교육의 전통은 현재 한국보다 못하지요. 그 전통은 주대(周代)에 형성되었으나 오늘날 중국 대륙이나 대만, 모두에서 사라졌습니다. 청대(清代) 광서(光緒) 연간에 과거제를 폐지하고 경사학당(京師學堂)을 건립한 이래로 중국의 모든 교육 체제는 서구를 배우고 주로 일본과 독일을 모방했습니다. 그런데 배운 것은 군국주의 교육 곧 국가화한

교육 체제입니다. 현재 우리의 교육 체제의 조직 및 구조는 서구의 제도이며 중국적인 것과는 아무런 관계도 없지요. 예를 들어 중국의 법률 체계가 그렇게 오래되고 고대에 한국과 일본에 영향을 주었지만 실제로 현재에는 아무것도 없습니다. 변화는 실제로 아주 컸으며 결코 없었다고 말할 수 없습니다. 당연히 이런 변화는 부정적인 면도 많이 있습니다. 밖에서 보기에 중국은 아무런 변화가 없는 것처럼 보이지만 그러나 너무 빨라서 옛것을 거의 모두 내버렸지요. 서원을 말하자면, 한국에서는 아직도 많은 서원을 볼 수 있지만 중국에서는 이미 서원을 철거하여 남아 있는 곳이 거의 없습니다. 대북시(台北市)의 경우 과거에는 몇몇 서원이 있었지만 현재 한 곳도 남아 있지 않아요. 우리들은 너무 빨리 내버렸습니다. 말이야 좋지요, 외국 문물을 적극적으로 수용한다면서 내버리는 것이 너무나 빨랐지요. 새로운 것이 들어올 때에 그것이 좋은지 나쁜지, 맞는지 안 맞는지를 알기도 전에 이미 옛것을 내버렸던 것입니다. 지금에 와서 오히려 옛것을 찾아 나서고 있는 실정입니다.

정재서: 화제를 당면한 현실로 돌려 볼까 합니다. 현재 우리는 문화적 다원주의를 지향하고 있습니다만 다원주의 역시 함정이 있지요. 특히 제1 세계의 다원주의는 약소국에게는 아주 위험한 측면을 지니고 있습니다. 목전의 세계화 시대에 다원주의는 제1 세계의 책략으로 보여지는 측면마저 있습니다. 제1 세계의 다원주의는 약소국의 문화적 저항을 무장 해제시키는 기능이 있습니다. 애당초 동등한 힘이 아닌데 다원주의의 명분으로 같은 입장에 서게 되면 속절없이 먹혀 버릴 것은 불문가지(不問可知)의 사실이 아니겠습니까? 이 다원주의의 문제를 한번 따져 봐야 할 것입니다.

공붕정: 대만의 경우를 보면 '브라운' 커피의 광고가 그렇습니다. 향촌에서 제사 지내는 광경을 이용해 광고를 만들었습니다. 강대국의 문화가 다원주의를 이용해 우리에게 들어올 때 더욱 무서운 것은 우리 문화의 고유

성을 이용해 자신들의 목적을 달성한다는 사실입니다. 코카콜라도 마찬가지로, 중국 대륙에서는 만리장성에서 마시는 장면을 광고로 만들었지요. 그런데 다원화란 궁극적으로 이렇게 획일화시키는 것이 아니지 않습니까? 다양하면서 각기 독립성을 유지한 상태, 그것이 다원화이지요. 그러나 현재 국제 사회에서의 다원화는 미국 문화의 다양한 확산이라는 방식으로 이루어져 있습니다.

정재서: 다원주의와 관련한 문화 패권주의의 문제를 동아시아 내부로 시선을 옮겨 볼까 합니다. 동아시아 문화를 통일적인 하나의 느낌으로 묶어서 얘기할 수 있을까요? 마치 유럽 문화처럼요. 유럽 문화는 개별 국가들을 떠나 우리에게 주는 전체적인 이미지가 있습니다. 기독교 문명 등을 바탕으로 한 공통적인 어떤 것 말입니다. 우리가 동아시아 문화에 대해서도 그러한 점을, 말하자면 유교 문화 또는 불교 문화를 거론할 수도 있겠지요. 그러나 여기에서 생각해 봐야 할 점은 동아시아 내부에서 상대방 문화의 정체성을 호혜적으로 충분히 인정하고 있느냐는 것입니다. 이러한 전제가 성립된 뒤에야 동아시아 문화의 연대감을 생각할 수 있는데, 현재 상대방 문화에 대해 일방적인 입장만을 갖고 있는 것이 아닌가 하는 것이 제 생각입니다. 예를 들어, 근대 이후 중국의 학계는 중국 문명의 서방 기원설이라는 서구의 공격에 시달려 왔습니다. 다시 말해 인도 문명이나 이집트 문명이 모두 중국 문명의 성립에 원천적인 영향을 주었다는 것입니다. 한자가 이집트 상형 문자의 영향을 받았다는 얼토당토않은 주장이 나온 것도 이 무렵이지요. 아울러 고대 국가, 신석기 문명의 성립 등도 서방 지역보다 늦게 외부로부터의 유입에 의해 이루어졌다고 보았던 것입니다. 당시 중국의 학자들은 중국 문명의 정체성에 대해 위기감을 느꼈지요. 그래서 서방 기원설에 대해 온 힘을 다해 반대할 뿐만 아니라 중국 문명의 고유성, 곧 자생설을 입증하려고 애썼지요. 아시다시피 하병체(何炳棣) 선생의『중국 문

명의 요람』은 이러한 의도하에 지어진 대표적 저작이 아닙니까? 흥미로운 것은 당시 중국의 학자들이 서구 학자들의 서방 기원설에 대항하기 위해 세계 문명의 다원론을 주장했다는 사실입니다. 그러나 중국의 학자들은 전통적으로 중국의 주변 국가의 문화에 대해서는 상반된 태도를 취했고 다원성을 인정하지 않았습니다. 이것은 모순된 태도였지요. 서구의 패권적인 문명론에 대해서는 다원주의를 주장하면서 동아시아 내부에서는 주변 문화에 대해 일원론적인 인식을 견지하고 있는 것이 중국의 입장입니다. 이렇게 주변 문화의 정체성에 대해 모순된 태도를 취한다면 우리들이 앞으로 지향해야 할 동아시아 연대의 문화권이나 정치, 경제권의 구상은 아마 성립시키기 어려울 것입니다. 이를 극복하기 위해서는 중국 문명을 다양한 주변 문화의 상호 텍스트적인 입장에서 바라보는 관점이 필요하고, 이에 따라 중국 문화와 주변 문화를 호혜적인 생성 관계에서 파악하는 태도가 절실하다 하겠습니다.

공붕정: 저도 정 교수님의 견해에 동의합니다. 저의 실제 경험을 말씀드리자면, 과거에 제가 어떤 단체를 데리고 한국에 왔었는데 중국인들이 모시는 지장왕보살(地藏王菩薩)이 한국인이었다고 말하자 처음 듣는 얘기라면서 놀라더군요. 한국에서 중국으로 들어온 것들이 아주 많지요. 일본의 경우도 마찬가지입니다. 한국과 일본이 서로 다르듯이 두 나라는 본래 중국과도 다르지요. 한국과 일본이 중국으로부터 영향을 받았다 하더라도 두 나라에서의 발전은 중국과는 다릅니다. 저는 과거에 이퇴계(李退溪)에 대해 연구한 적이 있습니다. 제가 한국어와 일본어는 모르지만 한국과 일본에서 이루어진 주자학과 양명학의 발전을 보고 싶었던 것입니다. 당연히 중국과는 다른 발전 말입니다. 불교를 예로 들면, 모두 인도 불교를 말하지만 중국 불교도 고유한 특징을 지니고 있습니다. 한문 불경은 전세계 불교의 입장에서 보자면 물론 인도에서 수입된 것이 틀림없지요. 그렇지만 중국에

서 전해져 오는 한문 불경도 중요한 가치와 특색을 지니고 있습니다. 불교가 이렇다면 유교가 한국과 일본 그리고 베트남에서 발전한 것도 당연히 그러할 것입니다. 한편 중국 문화의 내부를 들여다 보면 본래부터 화하 문화(華夏文化) · 강초 문화(江楚文化) 등이 섞여서 소위 중국 문화라는 것을 형성해 왔습니다. 따라서 주변 문화에 대해서는 마땅히 독선적인 태도를 버려야 할 것입니다. 현재 중국인들은 한국 · 일본 · 베트남에 대해 알고 있는 것이 아주 부족합니다. 앞으로 인식의 전환을 해야 할 것입니다. 저도 한문으로 씌여진 한국의 도교사(道敎史)를 보았는데, 중국 도교와는 다른 독특한 현상들이 많은 것을 보고 놀랐습니다. 한국 유교의 발전에 대해서도 훌륭한 저서들이 많을 것으로 생각되는데, 가능하시다면 소개해 주시기 바랍니다.

정재서: 중국에서 수입한 유교라도, 한국이나 베트남 등에서 스스로의 해석 방식을 통해 오히려 중국학을 더욱 풍부하게 하고 그것이 동아시아 문화의 공통 자산이 된다는 입장에서 주변 문화를 인식해야 할 것입니다.

공붕정: 조금 전에 제가 말씀드린 불교의 예가 바로 그런 것이지요. 중국 불교는 인도에서 수입된 것이지만 중국에서 전해 오는 불교의 특징은 인도와 다르며 티베트 불교와 동남아시아의 불교와도 서로 다르지요. 불교가 중국에 수입된 뒤에는 중국인의 생활과 결합하고 중국의 사상과 상호작용하면서 중국 불교의 고유성을 형성해 온 것입니다. 현재 불교를 연구하는 사람들이 직접 인도에 가서 팔리어와 범어(梵語)로 된 원전만을 연구하고 중국에서 전래된 경전들을 무시한다면 과연 연구가 가능할까요? 아마 불가능할 것입니다.

정재서: 중국 불교를 예로 드셨지만 선생님의 그러한 개방적인 자세야말로 동아시아 각국의 문화를 호혜적으로 이해하는 선결적인 태도라고 봅니다. 그런데 목전의 중국학 또는 한학도 외부 환경의 급변에 따라 커다란

변화가 일어나고 있습니다. 앞으로 특별히 주목되어야 할 연구 분야가 있다면 어느 분야라고 생각하시는지 고견을 듣고 싶습니다.

　공붕정: 전통적으로 중국학에서 치중해 왔던 고전 탐구는 계속되어야 할 것입니다. 그러나 향후 개인적인 연구 방향을 말씀드린다면, 중국과 타문화와의 교류 관계에 흥미를 갖고 있습니다. 예컨대 서구 선교사들의 중국에 대한 기록이라든가, 건축 양식을 통해 본 티베트와 당대문화(唐代文化)의 관계라든가 하는 주제들입니다. 다시 술을 예로 들면, 현재 중국의 대표적인 술은 백주(白酒) 또는 고량주(高粱酒) 등 모두 알콜 농도가 높은 술인데, 이런 술들은 본래 중원 지방에서 발명한 것이 아니었지요. 금(金)나라 때에 북쪽 흑룡강(黑龍江) 지역의 도사가 발명한 것이었습니다. 그러나 지금은 전 중국인이 즐겨 마시는 술이 되었지요. 이렇게 중국 내부에서의 여러 민족들 사이의 교류와 중국과 외국과의 교류 가운데 중국 문화의 발전이 일어났던 것입니다. 과거에는 이러한 방면의 연구가 아주 적었습니다. 앞으로 많은 연구를 진행시킬 수 있는 영역이라고 생각합니다.

　정재서: 선생님과 저는 관심 영역이 비슷하군요. 제가 이미 앞에서 제기하였던 중국과 주변과의 다원적 문화 관계론도 사실은 이러한 저의 연구 방향과 관련해 설정된 것입니다. 이제 대담도 막바지에 이르렀는데 혹시 한국의 중국학에 대해 소견이 있으시다면, 일본이라든가 서구의 중국학과 비교할 때에 특징이 무엇이라고 생각하시는지요? 없으면 없다고 솔직히 말씀해 주셔도 저희에게 도움이 될 것입니다. 그리고 한국의 중국학이 앞으로 세계화하는 데에 필요한 충고를 해 주시면 더욱 고맙겠습니다. 저는 그동안 외부의 중국학자들을 만나 보았는데, 한국의 중국학이 그들에게 어떤 인상으로 남아 있는지 사실 궁금합니다. 한국의 중국학이 과연 외국의 중국학에 대해 얼마만큼의 변별성을 확보하고 있는가 하는 문제는 현재 한국 학계가 구현해야 할 과제가 되어 있습니다.

공붕정: 저는 한국의 중국학에 대해 아는 것이 없으므로 감히 말씀드릴 수 없군요. 우리가 교류하고 사귀는 한국의 학자는 대부분 개인이기 때문에 우리는 한국에 무슨 학파가 있는지, 학문 전승의 사제 관계가 어떠한지조차도 모릅니다. 그리고 우리가 교류하는 학자들은 거의 중국에 유학했던 분들이며 한국 자체에서 성장한 중국 연구자들에 대해서는 잘 모릅니다. 그래서 희망하는 것은 한국에서 먼저 그간의 중국학 관계 업적을 정리해 외부에 소개해 주었으면 하는 것입니다. 그렇지 않으면 우리가 알 길이 없습니다. 현재 일본 학계에 대한 이해도 완전하다고 볼 수는 없습니다. 다만 몇몇 대가들에 대해서만 알고 있는 것이지요. 그것도 대만의 한 역사학자가 일본 학계를 소개하는 연구 목록을 발표했기에 알고 있는 것이며, 없었다면 알기 어려웠을 것입니다. 저도 『한국 불교사』라는 번역서를 사서 한 권 읽고 나서 한국 불교를 알게 되었습니다. 앞으로 제가 기대하는 것은, 첫째로 한국에서의 유교 발전에 관한 유교 사상사를 소개받는 것입니다. 둘째는 베트남 사람들이 중국 문학과 중국 철학을 어떻게 보았는지를 알고 싶습니다. 대만에서 최근 인상 깊었던 일은 서구 학자들의 중국 문학에 관한 연구 논문집이 출간된 것이었습니다. 얼마 전에는 일본 학자들의 중국 철학에 관한 저작이 시리즈로 출간된 적도 있습니다. 이러한 출판물들은 중국의 학자들이 외부의 중국학을 이해하는 데에 커다란 도움이 됩니다.

정재서: 선생님께서 한국의 중국학에 대해 특별히 하실 말씀이 없는 것, 그 자체가 사실 외부에 보여진 한국 중국학의 실상이기에 착잡한 심정입니다. 여기에는 일차적으로 한국의 중국학이 변별성을 드러내지 못했거나, 선생님 말씀대로 외부에 소개를 제대로 못한 책임 등이 있겠으나, 동아시아 각국 간의 무관심, 비호혜적인 태도도 문제라고 봅니다. 중국도 언제까지나 남들이 소개해 주기만을 기다릴 것이 아니라 스스로 주변 문화에 대

해 알고자 하는 의욕을 보여야 할 것입니다. 이러한 의미에서 중국 밖 동아시아 문화에 대해 많은 관심을 피력하신 공 교수님께 기대하는 바가 큽니다. 결과적으로 오늘의 대담은 세계화에 대한 인식으로부터 동아시아 각국 간 호혜적인 문화 의식의 필요성을 확인하는 자리가 되어 더욱 의의 깊었다 할 것입니다. 대담에 응해 주신 공 교수님께 감사를 드립니다. 편안한 여정(旅程)이 되시길 빕니다.

공붕정: 감사합니다.

(《동아시아 문화와 사상》 2001년 제6호)

동양 미학이 서야 할 자리
—— 장법 교수[1]와의 대담

정재서: 먼저 한국에 오신 것을 환영합니다. 1999년 장 선생님의 『동양과 서양, 그리고 미학』이 한국에 번역, 출판된 이후 한국 학술계에 영향이 컸으며 반응이 좋았습니다. 선생님이 이 책을 쓰신 동기와 그 입장이 무엇인지 설명해 주십시오.

장법: 이 책의 내용은 그동안 북경대학 등에서 비교 문학에 대해 강의해 왔던 것을 정리한 것입니다. 어떤 한 이론에 대해 동아시아와 서구가 다르게 해석합니다. 따라서 진정한 중국적인 이론이 무엇이라고 설명하기 전에 먼저 서구와 무엇이 다른지에 대해 분석하는 것이 첫 번째 단계라고 생각하여 이 책을 쓴 것입니다.

정재서: 선생님께서는 이 책에서 서구와 중국의 문화 정신을 존재와 무(無), 실체와 기(氣)의 역동성, 분석적 사고와 통합적 사고, 명확성과 모호성 등으로 견주어 비교하시고 이러한 배경하에 동서양이 추구하는 미학

---

1) 張法(장파). 1954년 중국 중경(重慶) 출생. 중국 미학계의 중진 학자. 사천(四川)대학 중문과를 졸업하고 북경대학 대학원에서 철학과 미학을 공부했다. 1984년 이래 인민대학 철학과 교수로 재직하면서 '중국 미학사'·'중서 미학 연구' 등을 강의하고 있다. 주요 저서로는 『중서 미학과 비극 의식』·『20세기 서구 미학사』·『중국 예술학』과 『중국 전통예술의 변천』·『천년 화하 예술의 개관』등을 비롯해 9편의 공동 저서와 80여 편의 논문이 있다.

정신을 분석하셨습니다. 이러한 방법은 차이를 명확하게 분별해 낸다는 장점이 있지만 지나친 이분법적인 사고라는 점에서 문제가 있지 않을까요?

장법: 모든 방법에는 나름의 장단점이 있다고 봅니다. 이분법의 장점은 서로 다른 문화를 연구하는 데 있어서 그 차이점을 명확하게 구별해 준다는 데 있습니다. 그렇다고 해서 이분법으로 본 것을 전부라고 여긴다거나, 이분법만을 고집한다는 것은 아닙니다. 필요에 따라 다른 방법을 쓸 수도 있습니다. 그러나 겉으로는 동일한 것으로 보이지만 실제로는 다른 것들을 분석하는 데 이분법이 유용하다고 봅니다. 예를 들어 한의(漢醫)와 서구 의학의 비교가 그렇습니다. 동일한 것에 대해 동서양의 견해가 다르며 또한 그것들의 처지가 다릅니다. 예를 들어 신비주의는 동서양에 다 있습니다. 그러나 동아시아에서는 주류지만 서구에서는 비주류입니다. 원근법 역시 마찬가지입니다. 서구에서는 초점식 원근법이지만 동아시아에서는 이동식 원근법이라고 할 수 있습니다.

정재서: 이분법은 그 편의성 때문에 서구에서 중시되어 온 분석 방식이고 그것이 안고 있는 지배적 계기에 대해서는 많은 논의가 있어 왔습니다. 데리다가 비판한 것은 서구의 그 이분법이 가져온 폭력적 위계질서였던 것입니다. 이 문제는 여기서 마무리를 짓고 다음 질문을 하겠습니다. 중국 전통 미학에는 그 자체의 특성과 가치가 있는데, 이러한 것들이 현대 문화에 어떤 기여를 할 수 있겠는지요? 예를 들어 프레드릭 제임슨(Fredric Jameson)은 노신(魯迅)을 비롯한 현대 작가들의 정치의식을 높이 평가하고 있는데, 이 밖에도 중국 미학에서의 풍격론(風格論)이라든가, 문기론(文氣論) 등이 현대 문화에 실제적으로 어떤 기능을 할 수 있겠는지 말씀해 주십시오.

장법: 사실 노신 같은 현대 작가들의 정치의식은 특정한 시기의 산물이라고 할 수 있겠습니다. 중국에는 서구의 과학적, 이성적 사고에서 얘기되

지 않았던 것들이 있습니다. 예를 들어 육조(六朝) 시대의 형(形)·신(神)·골(骨) 이론이라든가, 언외지미(言外之味), 사공도(司空圖)의 이론인 상외지상(象外之象), 송대(宋代)의 문인화(文人畵) 이론 등은 서구에서 논해지지 않았던 것들로 현대 서구 이론에 도움이 될 것으로 보입니다.

정재서: 전세계에는 여러 미학상의 주체가 있습니다. 그런데 선생님의 저서에서는 아프리카나 남미 등의 지역에는 미학적 이론 체계가 없기 때문에 서구의 미학을 받아들이는 데에 아무 문제가 없지만, 반면 중국 같이 체계를 갖춘 미학이 있는 나라에서는 서구 이론을 받아들일 때 어려움에 봉착하게 된다고 하셨습니다. 제가 보기에 이러한 가설은 문제가 있다고 봅니다. 왜냐하면 아프리카나 남미 원주민 문화의 경우 비록 문자는 없지만 나름의 미학이 있다고 할 수 있기 때문입니다. 그들 원주민들에게는 비록 중국 같은 미학 체계는 없지만 서구 미학과 만날 때 많은 어려움과 저항이 있습니다.

장법: 아마도 여기에는 표현상의 오해가 있는 것 같습니다. 중국 학술계에서 일반적으로 미학이라 할 때는 이론적인 것을 가리킵니다. 선생님께서는 전체 문화의 차원에서 미학을 생각하고 계신데, 이는 심미(審美)적 차원으로, 제가 얘기하는 체계를 갖춘 이론으로서의 미학과는 거리가 있습니다.

정재서: 선생님께서 말씀하신 바로 그 점, 체계를 갖춘 이론이어야 미학일 수 있다는 그 관점 때문에 사실 중국 미학도 과거에 서구 미학으로부터 외면을 당했던 것 아닙니까? "중국에는 미학이 없다." 이 말은 얼마 전까지만 해도 서구 미학자들로부터 종종 들었던 말입니다. 체계성의 문제로 엄격하게 규정하면 아프리카, 남미 원주민 미학뿐만 아니라 중국 미학도 살아남지 못합니다. 중국 미학도 서구 미학의 입장에서 보면 애매모호하고 체계성이 부족한 것으로 비칠 수 있습니다. 끝으로, 중국은 지금 현대화를 추구하고 있어 주류인 서구 이론 연구에 관심을 갖는 것은 당연하다고 할

수 있겠습니다. 그러나 서구와의 비교 이전에 먼저 동아시아 각국, 곧 중국·한국·일본 등 간의 공통점과 상이(相異)점들을 비교, 변별해야 하지 않을까요?

장법: 예, 그렇습니다. 그동안 서구라는 강력한 힘을 가진 문화가 영향력을 끼쳤기 때문에 동아시아 국가들은 여기에 시선을 집중할 수밖에 없었다고 봅니다. 이는 민족 심리상 필연적인 것이죠. 아마도 서구에 대해 어느 정도의 연구가 있은 후에 점차적으로 동아시아 자체 내의 문제로 시선이 옮겨질 것으로 봅니다. 이 문제는 앞으로의 중요한 과제라고 봅니다.

정재서: 그럼, 선생님의 다음 저서가 동아시아 각국의 비교 미학이 될 것으로 기대해도 좋겠습니까? 오늘 대담에 감사드립니다.

장법: 감사합니다.

(2000년 12월 25일《중앙일보》주최 대담)

3

동아시아로 가는 길

동아시아 문화론의 구경(究竟)

1 대안으로서의 동아시아 문화

문화 가치가 점차 힘의 중심으로 떠오르고 있다. 할리우드의 공룡 영화한 편의 수익이 우리가 1년 동안 자동차 수출로 벌어들인 돈의 총액을 단번에 상쇄했다는 속설은 문화 가치가 단순히 심미적 만족으로 끝나지 않는엄청난 부가 가치를 지닌 산업적 잠재력임을 웅변하였다. 아울러 헌팅턴(S. Huntington)은 향후 세계의 정치적, 경제적 세력 구도를 논하면서 유럽 · 중국 · 일본 · 중동 등 8개 문명 권역의 각축이 벌어질 것으로 내다보았는데그 구분의 외양이 기독교 · 유교 · 회교 등 주요 문명적 특징을 취하고 있는것은 흥미롭다. 그의 이른바 '문명 충돌론'에 대해 사이드는 세계의 주도권을 견지하고자 하는 서구 제국주의적 습성의 학문상 발현이라고 맹렬히 비난하였지만 내용의 타당성 여부를 떠나서 헌팅턴의 발상은 동일한 문화권을 하나의 세력 집단으로 긍정하였다는 점에서 주목할 필요가 있다.

우리의 동아시아 문화론의 현실적인 근거는 여기에서 자명해진다. 다시말해서 주로 1990년대에 이르러 논의가 활발해진 동아시아 문화론의 바탕에는 문화 가치가 현실적인 힘으로 전화(轉化)될 수 있다는 문화 산업의 논리와 냉전 체제가 와해된 이후 반사적으로 자율성을 획득한 각 지역의 연대화 현상이라는 두 가지 당대적 추세가 깔려 있는 것이다. 각 지역의 연대화 현상에 대해서는 한 가지 보충 설명이 필요하다. 왜 문화적 연대인가 하면 과거의 정치적, 경제적 연대가 대동아공영권(大東亞共榮圈) 등의 예에서 보듯이 자민족 중심주의의 허울 좋은 명분으로 전락할 위험이 다분한 반면 문화적 연대는 비교적 이러한 위험을 덜면서 공동 이익을 도모할 수 있다는 판단에서이다. 여기에서 우리는 물어야 한다. 시대의 추이에 따라 각이(各異)한 이데올로기가 창출되어 왔지만 각각의 실현 여부는 일차적으로 이데올로기 자체의 보편적 적의성(適宜性)에 달린 것이라고 말할 수 있을 때 동아시아 제국(諸國)에게 있어서 '동아시아 문화'를 통한 보편 가치의 추구는 과연 가능한 것인가?

이에 대한 검토는 사실 간단치 않다. 우리는 우선 '동아시아'라는 범주가 무엇을 포괄하는지부터 따져야 한다. 이 문제는 따로 세부 논의를 필요로 할 것이지만 거칠게 우리는 두 가지 차원에서 이 어휘의 용례를 생각해 볼 수 있다. 첫째로 순전히 자연 지리적인 차원에서 파미르 고원을 중심으로 아시아 대륙을 양분했을 때 인도 대륙 이동(以東)의 모든 지역이 동아시아에 속하게 된다. 결국 북으로는 몽골, 러시아 동부에 이르는 동북아시아와 남으로는 미얀마, 필리핀에 이르는 동남아시아가 지역적으로 포괄되는 것이다. 다른 한 가지는 우리의 문화적, 정서적 차원에서의 용례로 중국 문화를 바탕으로 한 속칭 유교 문화권 내지 한자 문화권으로 묶이는 한 · 중 · 일의 동북아 구역만이 이에 포괄되는 것이다. 이것은 완전히 자의적인 용례이다. 왜냐하면 같은 한자 문화권에 속하는 베트남이 이 범주에서 제외되어 있기 때문이다.

위의 두 가지 용례 중 사실상 한국에서의 이제까지의 동아시아론, 특히 문화론에서 동아시아라는 말이 포괄했던 지리적 범주는 거개가 후자였다고 볼 수 있다. 동아시아 문화론의 내용이 어째서 한·중·일 삼국 문화뿐이어야 하겠느냐는 발문(發問)과 당위론은 여기에서 일단 접어 두고자 한다. 왜냐하면 우리가 지금부터 검토하고자 하는 것은 향후 동아시아 문화론의 미래상이 아니라 현재 이 땅에서 수행되고 있는 동아시아 문화론의 실질 내용이어야 하기 때문이다. 우리는 어쨌든 자의성과 지역적 국한성을 지니는 현실적인 의미에서의 동아시아 문화론을 대상으로 앞서 제기한 '동아시아 문화'를 통한 보편 가치의 가능성을 타진하게 될 것이다. 이러한 논의는 결국 그동안 진행되었던 동아시아 문화론의 전개 과정을 둘러보고 그 구체적 내용들을 함께 검토해 보는 작업이 될 것이다.

2 동아시아 문화론의 전개

아마도 1960년대에 미국 영화 「북경의 55일」을 보았던 사람들은 찰턴 헤스턴에 대항하는 사악한 무림 세력인 의화단(義和團)이 하나씩 격멸되는 것을 보고 박수를 쳤을 것이다. 이 영화가 지금 북경에서 상영된다면 어떠한 반응이 나올까? 그 반응은 3편까지 절찬리에 상영되었던 「황비홍」이 대변해 줄 것이다. 서구 제국주의자들과 그 아류인 교활한 일본인을 전통 무예의 역량으로 굴복시키는 「황비홍」의 취지로부터 우리는 의화단의 부활을 보게 된다. 이 부활은 중국의 자존심, 곧 전통주의의 복권에 다름 아니다. 근대 이후 개혁론자와 진보론자들의 집중 포화에 맞아 제국의 멸망, 열강으로부터의 피침, 낙후된 정치·경제 등의 모든 죄업을 뒤집어쓰고 멸실(滅失)의 지경에까지 놓여야만 했던 동아시아의 전통 사상은 이제 오랜 동안의 패배주의와 자비감(自卑感)으로부터 벗어나고 있는 중이다.

동아시아 사상계의 이러한 변화는 이미 오래전부터 예비된 것이다. 중국의 경우 근대 무렵 전통 사상과 서구 사상의 치열한 충돌 속에서 전통론자들은 중체서용(中體西用) 등 나름대로의 적응 논리를 마련하였고 사실상 이러한 논리는 지금에 이르기까지 세계화 논리의 이면에서 암암리에 작용하고 있다. 김관도(金觀濤) 등의 지적대로 근대 이후 중국이 마르크시즘 등의 혹심한 이념적 세례를 받았음에도 불구하고 본질은 조금도 변하지 않은 '초안정 구조'[1]를 지니고 있음은 중체서용론의 예증이라 할지도 모른다. 이후 1980년대 중반, 문화 대혁명의 참화를 딛고 새로운 문화 노선을 마련하기 위해 전개된 이른바 '문화열'의 쟁론은 전통과 현대화라는 상호 모순의 명제를 어떻게 조화시킬 것인가라는 100여 년 전의 과제를 다시 현안화시켰고 이 과정에서 전통의 문제는 청산이 아닌 재평가와 재검토의 대상으로 부각되었다. 재미있는 것은 지금까지 이어지고 있는 강한 복고의 추세 속에서 근대 무렵 각기 수구와 개혁의 한편을 주창했던 양수명(梁漱溟)과 호적(胡適)이 나란히 복권되어 학습의 대상이 되고 있다는 점이다. 물론 이러한 인식 변화의 배경에는 사회주의의 퇴조라는 커다란 정치적 소인이 있다. 급격한 개방, 자본주의의 대두는 중국인들에게 곧 이데올로기의 공백을 가져왔고 이러한 현실이 전통으로의 복귀를 촉진한 것이라고 볼 수 있다. 아울러 1980년대 이후 포스트모더니즘을 비롯한 외부 사조의 유입도 중국인 스스로 정체성을 돌아보게 하는 계기가 되었다. 코헨(P. Cohen) 등에 의한 구미의 수정주의적 동양학은 종래의 충격(Impact) – 반응(Response) 모델을 반성하고 내재발전론적 관점을 제공하였으며 사이드 등의 탈식민주의론, 데리다(J. Derrida) · 푸코(M. Foucault) 등의 서구 중심 신화(White Mythology)의 해체 작업은 반사적으로 중국 전통 문화의 지

---

1) 이에 대해서는 김관도 등 엮음, 김수중 등 옮김, 『중국 문화의 시스템론적 해석』(천지출판사, 1994), 97~146쪽에 실린 「중국 봉건 사회의 장기 지속 원인에 대한 구조 분석」이라는 논고를 참고할 것.

위를 제고시키는 기능을 하였다.

한국의 경우 개화기에는 중체서용론과 흡사한 동도서기론(東道西器論)이 제기되었으나 곧이어 국권을 상실하면서 이렇다 할 실효를 발휘하지 못한 채 스러진다. 다시 전통 문화는 박은식·신채호·정인보 등의 민족주의 사학자들에 의해 근근이 그 가치가 강조되어 왔으나 대체로 문화 민족주의의 수준을 넘어서는 것은 아니었다. 다만 박은식의 경우 서구의 루소·로크 등의 자유주의 사상을 유교적 전통과 조화시키고자 시도함으로써 전통 문화를 보편적 세계 문화로 고양시키고자 노력한 점은 선각적인 것으로 평가되어야 할 것이다.[2] 그러나 민족주의 사학의 이념 및 학맥은 해방 이후 사실상 정통으로 승인되지 못함으로 전통 문화의 계승, 창신(創新) 및 보편화의 논의는 재야와 대학의 국학 분야 및 관변 국학 단체 등에서 산발적으로 진행된다. 1970년대 이후 진행된 이들 논의는 당시 근대화 및 산업화의 거센 열기 속에서 주로 자기보전적인 차원에 머물렀지 본격적으로 보편화의 포부를 개진할 계제는 아니었다. 이러한 현실에서 이미 탈식민주의적인 이념에 입각한 민족 문학론을 제기하면서 고위금용(古爲今用)과 세계화의 취지를 함께 천명한 백낙청의 입론은 단연 돋보였다고 말할 수 있다.

이후 1980년대의 이념적 열기의 시대를 거쳐 1990년대에 들어와 국내의 전통 문화론은 새로운 단계, 즉 동아시아 문화론의 단계로 진입했다. 여기에는 1980년대 이후의 경제적 성취에 대한 자신감과 중국의 경우와 같은 전술한 외부 사조의 영향이 크게 작용하였다. 1990년대의 새로운 담론인 동아시아 문화론은 계간지 방면에서는 《창작과 비평》과 《상상》에 의해 각기 다른 방향으로 주도되고 있다. 《창작과 비평》에서는 예의 백낙청의 민족 문학론의 기조 위에서 동아시아 문화론이 전개된다. 탈근대 및 근대 극

---

2) 박순영, 「문화적 민족주의, 그 의미와 한계」, 《철학》(1992년, 봄호), 113쪽.

복을 통해 자본주의를 넘어서는 대안 문명과 대안 체제를 창출한다는 입장이 그것이다. 이 과정에서 '문명적 유산', 즉 전통 문화의 창조적 활용이 강조되고 있음은 물론이다. 《상상》의 동아시아 문화론은 이와는 다른 양상을 취한다. 이른바 '동아시아 문화 제대로 보기' 작업을 통해 우리의 대중 문화에 대한 폄하의 이면에 서구 문화의 주변화 책략이 숨어 있다고 보고 대중성과 전통성을 상관 관계 속에서 거론하면서 힘을 예증할 수 있는 실제적인 차원으로 전통성의 문제를 끌어올리고자 하는 것이다. 이 과정에서 고전의 재해석 및 고전 문학의 현실화 방안 등이 강구되고 창작상 동아시아 서사 전통의 활용이 적극 시도되고 있다.

이 밖에도 1990년대 후반에 들어와 각 계간지 및 월간지, 시사 잡지 등에서 앞다투어 동아시아 문화론을 특집으로 다루는 등 현재 지식 사회에서 동아시아 문화는 불가결의 관심사가 되고 있다.

3 동아시아 문화론의 내용 검토

동아시아 문화론의 전개 과정을 중국과 한국의 경우를 통해 개관해 본후 이제 우리는 실제로 동아시아 문화의 어떠한 항목들이 재평가되고 금세기 이후의 대안으로까지 기대되고 있는지 한번 살펴볼 필요가 있다.

아이러니하게도 1980년대 이후 동아시아의 미래를 담보할 수 있는 가장 유력한 전통 사조로서는 지난날 근대화를 가로막은 주범으로까지 인식되었던 유학(儒學)이 떠오르고 있다. 막스 베버 등 서구 학자들에 의해 중국에서의 자본주의의 미발달과 사회 정체성의 설명 요인이 되기도 했던 유학은 현대에 이르러 동아시아식의 경제 발전 모델을 만들어 낸 탄력 있는 사상 체계로 새롭게 인식되고 있다. 하버드 대학의 두유명(杜維明)을 위시한 이른바 신유가(新儒家) 학자들은 경제 번영을 이룩한 일본·한국·대만·홍콩·싱가포르 등 동아시아 국가들이 유교 문화를 공동 기반으로 하고 있다는 사실에 착안, 이미 사멸한 줄 알았던 유학이 자체의 적응 논리를 갖고 서구 자본주의와는 다른 유교 자본주의의 방식으로 여전히 생명력을 갖고 있으며 앞으로 서구 자본주의의 폐단을 극복, 21세기의 동아시아 나아가 세계 정치·경제·문화의 새로운 이념적 대안이 될 수 있으리라고 전망한다. 이들은 유학의 역사를 3단계로 구분하여 한(漢)·당(唐) 시기를 제1기, 송(宋)·명(明) 시기를 제2기, 이후 현대까지를 제3기로 보면서 유학이 지금도 역사적 전개 과정에 있는 생동하는 실체임을 강조한다. 이러한 주장은 최근 대륙 학계에서 일고 있는 복고적, 민족주의적 성향과 상승 작용을 일으켜 지식 계층으로부터 상당한 호응을 얻고 있다.

그러나 정작 예증이 되어 주어야 할 일본 및 한국의 학자들로부터는 신판 중화주의라는 의혹을 사고 있을 뿐만 아니라 실제 정황이 과장된 것이라는 비판도 나오고 있다. 우선 일본의 경우 같은 유학이라 하더라도 충(忠), 효(孝) 등의 개념이 중국 및 한국과 같지 않으며 불교 및 토착 사상의 비중을 무시할 수 없다. 헌팅턴은 아예 유교 문화권에서 일본을 제외시키고 있다. 신유가 학자들은 한국의 퇴계학을 매우 중시한다. 그러나 이것도 제3기 유학에 일본을 잡아넣기 위한 연결 고리로서, 혹은 주자(朱子) 이래 정작 본토에서 유학의 간판 스타가 없다는 고민 등에서의 정치적 배경을 감안하면 우리가 무턱대고 환영해야 할 일은 아니다. 아울러 신유가 학자들은 슬쩍 지나가려 하지만 고대든 현대든 유가 이데올로기의 궁극적 귀착은 항상 중국으로 향해 온 것이 현실이다. 일찍이 맹자가 묵자의 평등주의를 비난할 때 '금수(禽獸)의 도'란 표현을 썼는데 역사적으로 이 금수와 주변 민족이 동일시되어 온 것은 사실이다. 따라서 이러한 중국 중심주의를 극복하지 못하는 한 신유가가 세계적 패러다임은 커녕 동아시아의 이념 모델로서도 기능하기 어려운 난점이 있다. 아울러 동아시아권에서의 경제적 효용성의 문제도 개발 독재와 같은 권위주의 체제에서 유교식 관리 기술이 일시적으로 순기능을 한 것이지, 궁극적으로 정치, 경제상 자율성을 추구하게 될 때 현재의 유교 자본주의 방식은 오히려 걸림돌이 될 수도 있다고 보면서 최근 한국 경제의 쇠퇴를 실례로 드는 시각도 있다.

어쨌든 신유가가 주로 중국인 학자들에 의해 미래의 대안으로 제시되고 있는 것에 비해 오히려 서구 학계에서 적극 수용되고 실제적인 차원에서 동아시아 문화의 힘을 웅변하고 있는 것이 있다. 그것은 다름 아닌 도교(道敎)이다. 본래 유교와 쌍벽을 이루는 중국의 토착 사조였던 도교 역시 근대화의 과정에서 미신과 비합리의 대명사로 비판받기는 마찬가지였다. 그러나 노장 철학을 중심으로 한 도교의 이념은 쇼펜하우어(Arthur Schopenhauer) 이래 서구의 반이성주의적 사조에 영향을 주었고 오늘날의 해체주의 철학과도 긴밀한 교섭 관계에 있다. 뿐만 아니라 도교의 생명주의는 생태학, 환경 윤리 등에서 즐겨 채용하는 관점이 되고 있으며 여성학의 신경향인 생태 여성주의(Eco-Feminism)와도 이념적 교감을 갖고 있다. 이외에도 도교의 지류 혹은 친연 관계에 있는 항목들로서 한의학, 풍수설 등이 실제적인 차원에서 근대 과학의 폐단을 보완하는 기제로 활용되고 있다. 『주역(周易)』 및 음양오행설이 카프라(F. Capra)·보어(N. Bohr) 등에 의해 양자 역학·카오스 이론 등 신과학의 설명 원리로 채용되고 있는 것도 넓게 보면 도교의 활용 범주에 속한다. 이러한 외부적 현실에 자극받아 진고응(陳鼓應)·갈영진(葛榮晋) 등 도교학자들은 역사적으로 동아시아 내에서도 유교 인문주의에 눌려 빛을 보지 못했던 도교가 이제 새로운 시대 즉, 신도가(新道家)의 시대를 맞았다고 보고 향후 세계적 패러다임이 될 수 있을 것이라는 희망을 피력한다.

도교는 유교와는 달리 주변 문화적인 성격이 강하기 때문에 중화주의의 혐의를 덜 받고 보다 보편적으로 수용될 여지가 있는 것은 사실이다. 다만 도교는 일종의 문화 복합으로서 정합적인 체계를 구성하고 있지 않으므로 그것을 객관 이론화하는 작업이 지난하며 그 과정에서 도교의 본질이 과연 그대로 유지될 수 있을지도 의문이다. 따라서 도교는 이제까지의 역사 과정에서 그래 왔던 것처럼 주류 문화에 대한 비판, 보완적 기능만을 담당할 수 있을 뿐 도교 본질 그 자체가 문화의 정형(定型)이 되기 어렵다고 보는 회의적인 시각도 있다. 여기에서 학자들은 보다 통합적인 방안을 모색한다. 즉 유교와 도교의 장점과 특성을 아우를 수 있는 그들의 공분모적인 이념과 원리를 추출하여 미래 세계의 대안으로 제시하는 것이다. 예컨대 우리는 인간과 자연의 조화를 추구하는 천인합일(天人合一)의 이념과 이 이념을 구체적으로 작동시키는 기론(氣論)이라는 체용적(體用的) 구조를 갖는 이론 모델을 한번 생각해 볼 수 있다. 이 밖에도 최근 점증하고 있는 전통으로의 회귀 풍조에 힘입어 중국 내의 많은 학자들이 철학 · 문학 · 사회 과학 등의 각 방면에서 고대 문화 유산의 현대화와 이론화를 위한 묘안을 짜내고 있다. 이들 중에는 고대 병서(兵書)로부터 처세 전략을, 고전 소설로부터 경영, 관리 이론을 끌어내는 등 아주 실용적인 것들도 있다.

이러한 시도들과 관련하여 근래 우리 지식 사회에서도 상당한 흥미를 자극했고 진지하게 탐구되기도 한 『주역』 및 음양오행설의 이론 도식화 문제는 여러 모로 검토할 여지가 있다. 이 문제에 대해서는 중국뿐만 아니라 국내에서도 다수의 전문 학자들이 부심하고 있기 때문에 그 긍정적 의미에 대해서는 부언(附言)하지 않겠다. 다만 짚고 넘어가야 할 것은 본래 이러한 시도가 동아시아권에서 나온 것이 아니라 1960~1970년대 구조주의의 발흥과 더불어 소련 및 프랑스 등 서구 학자들에 의해 시발되었다는 사실이다. 구조주의의 이항 대립성과 음양설과의 상사성(相似性)에 착안하면서 당시 서구학자들에게 음양오행설의 이론 도식화 작업은 하나의 유행

품목이 되었고 이러한 경향은 지금의 기호학이나 상징학 분야에서도 지속되고 있다. 가령 러시아의 경우 트로체비치(A. Trotsevich)가 1980년대에 『구운몽(九雲夢)』을 팔괘에 의해 분석했고 중국의 수비학(數秘學)을 마찬가지 관점에서 탐구하는 시도가 있었으며 프랑스의 크리스테바(J. Kristeva), 스위스의 에라노스(Eranos) 재단 등은 주역 프로젝트를 수행한 바 있다. 미국의 플락스(A. Plaks) 역시 비슷한 방식에 의해 『홍루몽(紅樓夢)』을 분석한 바 있다.

서구 학자들의 이러한 시도들이 동서 문화의 원활한 소통을 위해 긍정적인 의미가 있음을 부인할 수는 없다. 그러나 역시 그들의 입장에서의 신비한 동양 문화의 코드화 작업 내지 암호 해독이라는 느낌을 지우기 어려운 것도 사실이다. 문제는 그들이 남의 문화를 얼마나 잘 보았느냐에 그치지 않고 틀림없이 대변했느냐는, 이른바 '두껍게 기술하기(thick description)'의 문제인데 역시 자기 식대로 읽기가 그들에게도 상정(常情)인 바 한계는 자명하다 할 것이다. 그 한계는 유럽 철학이 미국에 건너가 편의주의적으로 변질되어 버렸다고 개탄하는 프랑스 지식인의 괴리감 정도로는 비교할 수 없을 것이다. 레비스트로스(Claude Levi-Strauss)조차 데리다에 의해 그의 심중에 있는 서구 중심주의를 완전히 청산하지 못한 것으로 비판되고 있지 않은가? 스리랑카계 인류학자 탐바이아(S. J. Tambiah)는 베버가 비서구인을 위해 설정한 '각양의 합리주의(different types of rationalism)'의 개념 역시 기본적으로는 서구를 표준으로 한 것임을 꼬집고 심지어 '두껍게 기술하기'의 제창자인 기어츠(C. Geertz) 자신조차 동남아시아 국가의 성격을 규정함에 있어 지나친 이분법에 의거, 권력과 문화를 상호 연계적으로 파악하지 못했음을 지적한다.[4] 따라서 동아시아권에서의 음양오행설의 이론 도식화 작업이 크든 작든 전술한 서구 학자들의 지적 유행과 무관하지 않다고 할 때 과연 이러한 시도들이 태생적 한계를 극복하고 보편 이론화를 달성할 수 있겠는가 하는 의구심을 떨쳐 버리기 어렵다.

4 동아시아 문화론의 구경(究竟)

지금까지 우리는 중국과 한국을 중심으로 동아시아 문화론의 전개 과정 및 구체적 입론들에 대해 거칠게 점검해 보았다. 물론 여기에서의 점검은 마치 스크린을 보는 것처럼 주마간산(走馬看山)의 형세를 면치 못한 것이긴 하지만 기본적으로 얻어진 그림은 동아시아 문화론이 동아시아 내부에서도 지역적 국한성을 띠고 있으며 근대 이래의 문제의식과 연계되어 있으면서도 시대적 수요에 민감한 논의라는 사실이다. 여기에서 우리는 현행 동아시아 문화론이 갖는 시간적, 공간적 한계를 실감하게 되는데 바로 이러한 한계 요인은 뒤이은 개별 내용 검토의 결과에서도 보여졌듯이 동아시아 문화의 보편화에 어두운 그림자를 드리운다. 그렇다면 이러한 이론적인 진단과는 별도로 현실적인 차원에서 동아시아인은 과연 자신들의 전통 문화의 역량을 신뢰하며 그것이 미래의 대안이 될 것이라는 확신을 갖고 있는가?

최근 한백연구재단이 한·중·일 삼국의 지식 계층을 대상으로 한 동아시아 문명의 미래의 역할과 관련한 설문에서 그 대답은 예상 밖이었다. 한국의 경우 응답자의 다수(90%)가 자신감을 피력했던 데 비하여 중국의 경우 정반대로 대부분(78%)이 회의적인 태도를 보인 것이다.[4] 이들에 비해

---

3) Stanley Jeyaraja Tambiah, *Magic, Science, Religion, and the Scope of Rationality* (Cambridge: Cambridge University Press, 1990), p.154 및 *Culture, Thought, and Social Action*(Cambridge: Harvard University Press, 1985), pp.316~322.

4) 《포럼21》(한백연구재단, 1995, 가을·겨울 통권호)의 부록 「한·중·일의 철학·사상·문명 델

일본은 일부(38%)만이 긍정을 표시했을 뿐 학계에서는 이러한 문제의식 자체에 대해 냉담한 반응을 보인 것도 흥미로운 현상이었다. 설문 조사의 결과가 예시하는 것은 현대화의 도정에 있는 중국이 아직 과거에 입었던 문화적 충격의 외상으로부터 회복된 상태에 있지 않다는 사실이다. 따라서 앞서 예시했던 탈근대를 위한 나름의 기획들은 일부 지식 계층의 앞서 간 전망일 뿐 이들은 중국의 전반 지표가 만족스러운 경지에 도달할 때에야 힘을 예증하게 될 것이다. 아울러 이러한 측면에서 오늘날 중국의 복고적, 민족주의적 추세는 사실상 근대에 입었던 외상의 반면적 표현에 다름 아닐 수도 있다. 일본은 역시 근대 이래 그들의 탈아론(脫亞論)적 입장을 견지하면서 여전히 아시아의 악우(惡友)들과는 동렬에 서고 싶지 않은 심정을 표명했다. 공교롭게도 이러한 일본의 의도와 상응하게 헌팅턴은 '문명 충돌론'에서 한국은 중국 문명권에 포함시켰으나 일본은 독립된 문명권으로 다루었다. 여기에는 현하(現下) 일본의 정치적, 경제적 세력 이외에도 일본 동양학 내지 해외 일본학의 막강한 힘이 작용하였음은 물론이다. 이렇게 볼 때 현실적인 차원에서도 동아시아 문화론은 한·중·일 삼국에 있어서 동상이몽(同床異夢)으로 나타나고 있음을 알 수 있다.

　이제 모든 논의의 결과를 종합해 볼 때 우리는 목전의 동아시아 문화론이 과연 보편 가치를 지향하고 있는가에 대해 회의적인 결론을 내려야 할 시점에 이른 것 같다. 우리가 새삼 확인한 것은 정치적, 경제적 연대에 비해 상대적으로 자민족 중심주의에 함몰될 위험성이 적은 것으로 예견되었던 문화적 연대의 경우에 있어서도 여전히 종족적 욕망이 강력히 작동하고 있다는 사실이다. 결국 그것은 동아시아 문화론을 보편 가치의 경지로 끌어올리는 데에 결정적인 저해 요인이 되고 있는 것이다. 예컨대 「패왕별

_____

파이 연구」 참조.

희」는 중국적인 것이 영화 산업에서 어떻게 세계적인 상품성을 획득할 수 있는가, 이를 전략적으로 성공시킨 작품이었다. 그러나 우리는 「동방불패」에서 묘족(苗族)으로 대표되는 주변 문화에 대한 중국의 유구한 편견을 다시 확인하게 한다. 이야말로 오늘의 동아시아 문화론의 모순된 정황을 극명하게 보여 주는 사례가 아닐 수 없다.

그러나 이 글에서의 현금의 동아시아 문화론에 대한 회의는 동아시아 문화론 자체가 실효성이 없으며 무망(無望)한 것임을 의미하지는 않는다. 이미 우리가 앞에서 살펴본 바와 같이 동아시아 문화는 현대적으로도 충분히 활용될 소지를 갖고 있으며 따라서 이의 현실화에 대한 논의는 계속 진전될 필요가 있다. 다만 지금까지의 논의상 착오를 감계(鑑戒)로 삼을 때 앞으로의 동아시아 문화론은 결코 성급하게 통합이나 연대를 전제로 한 보편 이론화를 추구해서는 안 될 것이다. 그것은 우리가 가장 우려하는 확대주의의 노선으로 들어서는 첩경이 되기 쉽기 때문이다. 따라서 향후 우리가 진행시켜야 할 동아시아 문화론은 우선 미시적인 차원에서 개별 문화의 유효성을 확인하고 이의 실제적인 적용을 시험하는 것이 되지 않으면 안 된다. 아울러 섣부른 문화적 연대 의식 이전에 동아시아 각국의 타자성을 겸허히 수용하는 호혜 의식의 단계를 거치지 않으면 안 될 것이다. 그러한 연후에야 각국의 이해 갈등을 극복한 지평에서의 동아시아 담론이 가능할 것이겠지만 마치 프랙탈 구조와도 같은, 지평의 고양 과정 끝에 도달한 동아시아 문화론의 구경(究境)은 과연 무엇이겠는가? 그것은 이제는 동아시아 문화론이라고 이름할 수 없는 그 무엇일지도 모른다.

《상상》 1997년 여름호)

세계화 시대의 문화적 저항과 수용

1 근대화와 세계화 사이

IMF 사태의 한파는 어느덧 물러가고 경제 회복의 훈풍이 솔솔 불어오고 있는 것일까? 가시적인 여러 지표들과 당국의 공식 담화는 비록 골짜기에 잔설이 있긴 하지만 날씨가 어김없이 봄을 향하고 있듯이 한국 경제가 기어코 발전의 도상에 다시 섰음을 천명하는 듯하다. 그러나 불과 몇 년 전 세계화의 공리공담에 빠져 한치 앞의 재난을 감지하지 못했던 우리 학계는 축배보다 아직 참괴(慙愧)의 쓴 잔을 마셔야 할 때이다. 다시 말해 IMF 사태의 본질에 대해 철저히 검토하고 앞으로의 대안을 강구함으로써 과거의 직무유기에 대해 응분의 책임을 지는 자세가 필요한 것이다. 이러한 의미에서 IMF 사태가 어쩌면 더 큰 재난의 전조처럼, 우리에게 앞으로 다가올 세계 정치, 경제, 문화상의 대격변을 미리 체감하는 경보로써 읽힐 수 있다면 도리어 다행이다.

역사가 본질에 있어서는 반복적이고 또 그렇기 때문에 교훈적이라는 사실은 19세기 말 서세동점(西勢東漸)의 조류 속에 전통과 근대화 양자 중에서 선택을 해야 했던 동아시아 제국이 20세기 말인 오늘 다시 국민 국가와 세계화 양자를 놓고 선택을 해야하는 기로에 놓인 현실로부터 실감된다. 돌이켜 생각해 보자.

1875년 강화도 해역에 막무가내로 진입한 일본 군함 운양호(雲揚號), 아니 일본 제국의 무력에 눌려 개화의 결단을 강요받았던 그때의 상황이나 IMF의 경고에 굴복, 세계화 즉 미국화의 프로그램을 밟아야 했던 어제의 현실이나 본질적으로 큰 차이가 없는 것이다. 모두 내키지 않는 일이지만 거역할 수 없는 대세라는 점에서 양자는 닮아 있는 것이다.

우리는 여기에서 19세기 말과 20세기 말의 역사적 내용을 좀 더 비교해 살펴볼 필요가 있다. 우선 세계 체제론적인 견지에서 양자는 연속적, 확대적인 관계에 있다. 전지구적 의미에서 세계화라는 현상은 오늘 갑자기 벌어진 것이 아니고 산업 혁명 이후 서구 열강이 자본주의의 국제화를 추구하고 이를 통해 비서구 세계에 대한 정치, 경제적 지배를 달성해 나가는 과정에서 본격화된 것이다. 따라서 19세기 말 동아시아 제국이 겪은 근대화란 오늘의 세계화의 전신이라 불러도 좋은 것이다.

근대화와 20세기말의 세계화 사이에는 테크놀로지의 발달로 자본의 성격, 생산 수단, 지배 양식 등에 많은 변화가 생긴 것은 분명하다. 물질에서 정보로, 영토에서 가상 공간으로 지배 대상이 달라졌고 지배 주체도 서구 열강에서 미국으로 옮겨졌다. 하지만 자본주의의 세계적 확대와 그 과정에서의 강대국의 약소국에 대한 지배라는 본질 내용은 조금도 변하지 않았다. 과거에 우리가 가졌던 근대화에 대한 진보적 이미지, 오늘 우리가 꿈꾸고 있는 세계화에 대한 다채로운 형상은 앞서의 본질 내용을 은폐하는 레토릭, 즉 근대화론 혹은 세계화론의 소산이다.

이제 19세기 말과 20세기 말의 역사적 상황의 본질이 어떤 측면에서 동일하다고 할 때 우리는 과거의 응전 방식에서 교훈을 얻을 수 있을 것이다. 그러나 그것에 대한 논의가 대원군의 쇄국이 옳았는가, 개화파의 개국이 옳았는가 하는 식의 단선적인 결론을 이끄는 방향으로 진행되는 것은 무익하다. 어떻든 당시 상황에서 우리는 국권을 상실하였고 그것은 실패한 대응이었다. 국권 상실에까지 이른 실패는 한두 가지 잘못 때문이 아니라 총체적 난국의 결과인데 그것은 상황이 단일한 방침으로는 극복하기 어려웠다는 것을 의미한다. 다시 말해서 당시의 상황은 근대화의 추세를 외면하지 않으면서 그로부터 야기되는 제국주의적 침탈을 방어해야 하는 복합적으로 어려운 현실이었는데 이때 필요한 대응 방식 역시 정교하고 다각적인 전략이 아니면 안 되었던 것이다. 그러나 현실적으로는 위정척사(衛正斥邪), 동도서기(東道西器), 전반 개화 등 단방(單方)들이 따로 놀았고 유기적으로 결합된 대응 능력을 발휘하지 못하였다.

19세기 말의 교훈으로부터 우리는 다시 나라가 거의 망할 뻔 했던 IMF 사태 직전의 상황을 숙고해 보자. OECD에 편입되고 WTO에 가입하는 등 우리는 별다른 방어 기제 없이 세계화 전략에 편승했다가 서구의 투기 자본에 걸려 한순간에 나락으로 떨어졌다. 그때야말로 정부가 고창(高唱)했던 세계화의 허상이 드러나는 순간이었다. 결국 냉엄한 현실 인식 없이 남의 장단에 놀아난 세계화라는 것이 얼마나 기만적인 결과를 초래하는지 우리는 IMF 사태를 통하여 뼈저리게 체험한 셈이다.

새로운 세기에도 가속될 세계화는 과거의 근대화와 마찬가지로 거역할 수 없는 대세이며 달성해야 할 과제처럼 될 것이다. 지금은 어떤 시대인가? 최근 10년 간 정치, 경제, 학문, 기술상의 전방위적인 대변화는 이제 세계가 미증유의 새로운 문명으로 진입하고 있음을 웅변하는 듯하다. 그러나 다원주의, 세계 시민, 초미디어 시대 등 미래 세계에 대한 현란한 수식에도 불구하고 세계화의 본질은 강대국의 헤게모니에 있음을 잊어서는 안 된다.

따라서 세계화를 통한 무차별적 동화에 대한 저항은 자신의 생존을 위해서뿐만 아니라 각 민족의 개성이 조화를 이루는 진정한 세계화를 위해서도 꼭 필요한 일이다. 저항의 내용은 무엇인가? 정치, 경제적 약소국의 경우, 남은 것이 전통밖에 없는 그들에게 있어서는 문화적 저항이 가장 강력한 수단이 될 것이다. 이 문화적 저항이 시대착오적인 복고주의나 맹목적인 외국인 혐오증(Xenophobia)으로 혼동되지 않기를 바란다. 여기에서의 저항이란 진정한 세계화를 구현하기 위한 방식이지 세계화 자체를 거부하는 행위가 아니다. 바꾸어 말하자면, 저항은 곧 세계화의 비판적 수용을 위한 전제 조건인 것이다.

2 세계화와 문화 정체성

세계화와 문화적 저항, 이 두 가지의 명제는 외견상 대립적이고 심지어 모순적일 수도 있다. 특히 문화적 저항이 국수주의와 같은 정념(情念)의 소산으로 간주될 적에 그 모순은 더욱 크게 느껴질 것이다. 그러나 앞서 말했듯이 바람직한 세계화가 일방적 동화가 아니라 다양한 정체성의 공존을 의미한다면 문화적 저항은 폐쇄적 국수주의가 아니라 비판적 세계주의 혹은 비판적 보편주의로 이해해야 할 것이다.

범박한 세계주의자들은 문화적 저항의 문제에 대해 냉소적인 견해를 피력한다. 그들은 말한다. 의도적으로 정체성을 부르짖고 저항을 외칠 필요가 있는가? 그것은 문화 민족주의나 과잉된 자의식의 발로이다. 무엇을 하든 한국 사람이 하면 그것은 절로 한국적인 특색을 지니게 되어 있다. 정체성이란 그렇게 은연중 표현되는 것이지 의도적으로 강조해서 만들어지는 것이 아니다. 이러한 견해가 우리의 좌절된 역사에 대한 보상 심리로서 가끔씩 분출되는 파시즘적 충동을 혐오하기 위해 제기된 것이라면 이해할 만하다.

그러나 세계화의 본질에 대한 냉정한 성찰의 견지에서 보면 실로 안일한 소견이 아닐 수 없다. 한국 사람이 하기만 하면 절로 한국적이니까 굳이 강대국에 대해 저항적, 비판적 자세를 가질 필요가 없다는 생각은 결과적으로 식민지적 문화 상황도 용인하는 셈이 된다. 그런 생각대로라면 일제 치하에서도 조센진 문화의 특색이 있으며 중국의 소수 민족들도 중국 문화 속에서 나름대로의 문화적 특색을 지니고 있는 현실을 만족스럽게 여겨야 할 것이다. 완전한 정치적, 경제적 예속 상태에서 배양되고 있는 문화적 특성은 지금 우리가 견지하고자 하는 다양한 문화 정체성의 공존이라는 취지와는 차원을 달리하는 이야기이다.

여기에서 우리는 조금 본질적인 질문을 던져 볼 필요가 있을 것이다. 그렇다면 정체성이란 도대체 무엇인가? 그것의 실체는 무엇이며 세계화 시대에 그것은 과연 고정불변한 것인가? 정체성이란 아이덴티티(identity), 즉 자기 동일성과 같은 의미로 쓰인다. 자기에게 자기다운 일관성을 부여해 주는 어떤 것, 자기를 남과 구분하게 해 주는 고유의 것, 이러한 내용을 정체성이라고 부를 수 있을 것이다. 그런데 정체성의 범위는 어디까지인가?

최근 한 국학자가 국내의 외국 학문에 대해 '수입오퍼상론'을 제기하여 화제가 된 적이 있었다. 외국 학문 전공자들의 정체성 없는 학문 행위에 대해 따끔한 일침을 가한 것이다. 그러나 일부 외국 학문 전공자들은 이에 대해 쇼비니즘적 발상이라고 비판하면서 강한 반발을 보였다. 그들은 도리어 그러한 국학자의 태도를 두고 '밀수꾼론'으로 맞받아쳤다. 자신들은 외국 학문을 공개적으로 도입, 수행하고 있는 것이기 때문에 비록 오퍼상일지라도 합법적이지만, 상술한 국학자는 이미 근대 이후 서구 학문의 세례를 받고 그 방법의 덕을 보고 있으면서도 이를 감추고 부인하고 있으니 밀수꾼이 아니고 무엇이냐는 반론이었다.

양측의 시비를 가리기 이전에 우선 수입오퍼상론은 국내 학문의 자생성을 과감히 촉구한 것만으로도 충분히 평가받을 가치가 있다. 다만 그러한 의의와는 별도로 이 논쟁에서 우리는 정체성에 대한 대립적인 인식을 읽을 수 있고 그 독법이 지금 논하고자 하는 세계화 시대의 문화적 저항 및 수용의 문제와 긴밀히 상관될 수도 있다는 점을 지적해 두고자 한다. 수입 오퍼상론에서 우리는 모든 학문을 국학, 곧 정체성 중심으로 이해하려 하는 경향을 엿볼 수 있고 밀수꾼론에서는 정체성도 시대 상황에 따라 가변적일 수 있다는 태도를 발견하게 된다. 이로부터 우리는 정체성에 대해 고정불변한 초역사적 실체라는 인식과 역사적으로 구성되는 유동적인 특성이라는 상반된 인식이 존재하고 있음을 알 수 있다. 이는 논쟁 당사자들이 꼭 이와 같은 대립적 인식을 보여 주고 있어서가 아니라 양측의 인식 차이를 확대해서 극단의 두 가지 입장으로 한번 상정해 본 결과이다. 이제 이를 토대로 근래 제기되고 있는 세계화를 둘러싼 문화 논의를 살펴보기로 하자.

역시 최근의 일이지만 어떤 중견 문인은 '영어 공용화론'을 주장하여 지식 사회에 큰 파장을 던졌다. 그의 주장인즉 국제 사회에서 영어는 이제 보편 언어가 되었고 한국이 세계화에 적극적으로 동참하여 대세에 편승하기 위해서는 영어를 모국어처럼 사용할 수 있어야 한다는 것이다. 이러한 견해는 경제 번영을 이룩한 동아시아 국가들 중에서 홍콩·싱가포르 등이 공용어인 영어를 원동력으로 덕을 보았다는 사실이나 향후 정보화 사회에서도 인터넷 언어를 영어가 지배할 것이라는 점에서 강한 설득력을 지닌다.

이와 비슷한 입장으로 중국 대륙에서는 1980년대 중반, 개방화의 정도를 놓고 이른바 '문화열(文化熱)'의 논쟁이 벌어졌을 때 이택후(李澤厚)를 위시한 전반서화파(全般西化派)가 중국이 전면적으로 서구화하여 뿌리부터 바뀌지 않으면 현대화에 성공할 수 없다는 급진적인 주장을 편 바 있었다. 이들의 주장은 천안문 사태로 표면화되었고 결국 중국 당국으로부터 철퇴를 맞아 일시 위축된 상태에 있다.

상술한 두 가지 견해들은 모두 정체성을 확고부동한 것으로 보지 않고 역사적 구성물로 간주한다는 점에서 일치한다. 그들은 정체성도 시대적 산물로 인식하기 때문에 세계화 시대에는 그에 걸맞는 새로운 정체성이 필요하다고 생각한다. 확실히 이러한 입장은 긴박하게 돌아가는 요즘의 추세에 현실적으로 잘 적응할 수 있고 세계화의 대열에 쉽게 편승할 수 있다는 점에서 매력적이다.

그러나 여기에는 새것에 대한 수용만 있지 고민이 없다. 새것의 본질에 대해 의구심을 발할 수 있는 과거의 정체성을 무화시킨 그들에게 더 이상 저항은 없는 것이다. 저항이 없을 때 우리가 예상할 수 있는 최대의 위험은 강대국에게 일방적으로 동화된 세계화이고 식민지적 문화 상황에의 함몰일 것이다.

다음으로 IMF 사태 전후해서 학계의 큰 화두였던 이른바 '아시아적 가치' 논쟁에 대해 검토해 보자. 이 논쟁은 싱가포르의 실력자 이광요(李光耀)에 의해 촉발되었다. 그의 주장은 동아시아가 전통적인 문화가치를 바탕으로 근대화를 이룩했다는 인식 위에 서구의 정치·경제·문화 모델을 맹종하지 말고 국제 사회 속에서 독자적인 지위를 지켜 나가자는 취지로 요약된다.

이러한 주장에 대해서는 '복고주의', '국수주의' 등의 비판도 있지만 서구 후기 자본주의의 침탈 음모에 대한 적절한 대응으로 보는 긍정적인 시각도 있다. 마침 IMF 체제하에 놓였던 한국에서는 IMF의 프로그램에 순응할 수밖에 없는 한국 경제의 처지, 그리고 향후 회생 가능성 등의 문제를 놓고 아시아적 가치의 유무에 대한 논의가 학계의 현안이 되었으며 이 논쟁은 아직도 진행 중에 있다. 그런데 아시아적 가치 논쟁은 이광요에 의해 주로 정치적으로 제기되었지만 사실 그 원천은 일찍이 하버드 대학의 두유명(杜維明) 등 문화론자들에 의해 마련된 '유교 자본주의론'이다.

유교 자본주의론자들은 경제 성장을 달성한 일부 동아시아 제국의 문화적 공동 기반이 유교라는 사실에 착안한다. 그들은 동아시아 제국이 경제적으로 성공한 이유를 서구 모델의 추종에서 찾지 않고 독자적인 설명 논리를 제시했는데 유교의 문화 가치, 즉 충·효·인(仁)·신(信) 등 인간관계상의 고유한 덕목들이 산업화에 순기능으로 작용하여 동아시아 특유의 경제발전 모델을 창안해 냈다는 것이 내용의 골자이다.

　유교 자본주의론에서 주목해야 할 것은 경제 발전의 주요인으로 문화 가치를 거론했다는 점과 과거 막스 베버(Max Weber) 등 서구 학자들에 의해 자본주의화의 장애 요소로 지목되었던 동아시아의 대표적 전통문화인 유교의 의의와 지위를 부활시켰다는 데에 있다. 유교 자본주의론에 대한 평가 역시 찬반이 엇갈린다. 부정적인 견해로는 '결과론적 설명 논리', '경제 이론과 문화 논리의 엉성한 결합' 등의 혹평에서부터 '대중화권(大中華圈)의 야심', '문화 결정론' 등의 경계와 비판에 이르기까지 다양하다. 반면 '동아시아적 대안', '동아시아 지역 연대의 이론 기초' 등 긍정적으로 평가하는 입장도 만만치 않다.

　문화 정체성의 측면에서 유교 자본주의론을 살펴볼 때 그것은 근대 초기 서구에 대한 수용 논리였던 중체서용론(中體西用論)의 계승처럼 보이는데 문화 정체성의 실질 내용이랄 수 있는 유교가 얼마만큼의 유연성을 갖느냐에 따라 대안으로서의 가능성도 좌우될 것이라고 생각한다. 그러나 중체서용론은 궁극적으로는 복고주의로서 정체성의 가치 불변에 대한 확신을 토대로 한 입장이다.

　유교 자본주의론이 동아시아의 일부 전제 국가에서 거둔 유교 가치의 자본주의적 적응을 근거로 위계 지향적인 유교의 대표적 덕목들이 대전환의 이 시대에도 여전히 유효하리라고 생각하면 큰 오산이다. 물론 유교는 무차별적 동화에 대해 일정 부분 문화적 저항으로서의 소임을 다할 수는 있겠지만 여성 문제, 인권 문제, 종족 문제 등 향후의 현안들에 관한 한 유교의 정체성도 역사적 변화를 경험하지 않을 수 없는 것이다.

상술한 몇 가지 사례들에 대한 검토를 통하여, 우리는 세계화 시대에 정체성이 갖는 의미에 대해 그것이 역사적 구성물로서만 혹은 고정불변한 실체로서만 규정될 수 없는 복합적인 성격의 것임을 알 수 있다. 이러한 의미와 관련하여 러시아의 구조주의자 프롭(Vladimir Propp)이 민담을 정태(定態)와 변이태(變異態)의 두 가지 구성 부분으로 나누어 파악한 것은 많은 시사를 준다. 프롭에 의하면 민담에서 등장인물의 행위나 기능은 고정적이고 반복적이지만, 등장인물 그리고 행위 및 기능이 수행되는 방식은 가변적이다. 민담은 전승(tradition)이다. 전승은 전통과 동의어로 쓰인다. 그렇다면 우리는 이로부터 전통 혹은 이와 상관된 정체성도 불변성과 가변성의 두 가지 측면을 지니고 있는 것으로 추론해 볼 수 있다.

정체성의 성격을 이렇게 복합적으로 파악한다고 할 때 세계화에 대한 태도도 단선적인 저항이나 수용으로 일관할 것이 아니라 저항과 동시에 수용을 수행하는 중층의 경지로 나아가야 할 것이다. 일본의 중국학자 다케우치(竹內好)가 일본의 근대화를 밖으로부터 주어진 허약한 구조물로 비판하면서 중국의 문호 노신(魯迅)의 저항적 근대 수용의 자세를 상찬(賞讚)한 것은 앞서의 취지와 관련하여 깊이 음미될 필요가 있을 것이다.

3 문화적 저항과 수용의 실례

정체성이 세계화의 추세와 조우할 때 필연적으로 도래하게 될 문화적 저항과 수용의 관계성 그리고 그 의미에 대한 검토를 마치고 이제 우리는 실제 상황에서 이들 양면의 의미가 어떻게 수행되고 있는지를 살펴볼 시점에 이르렀다. 아닌 게 아니라 오늘날 문화는 더 이상 골동품 속에 안주해 있지 않고 경제 활동의 전면에 배치되어 있다. 문화 산업이라는 말도 있지만 문화는 고부가 가치를 지닌 산업으로까지 인식되고 있는 것이다. 그런데 아이러니컬하게 문화적 정체성은 국제적 상품 가치의 창출과 상관된다.

프랑스의 사회학자 기 소르망(Guy Sorman)은 세계화 시대에는 각국의 고유한 문화 이미지가 상품 가치를 결정한다고 주장한다. 그는 일본 상품과 비슷한 품질의 한국 상품일지라도 국제 시장에서 훨씬 싼 가격으로 팔리는 까닭을 한국의 문화 이미지에 대한 인지도가 낮기 때문인 것으로 풀이한다. 이러한 견해는 전면적인 타당성이 있는 것은 아니지만 일리가 있다.

사실 서구권에서 볼 때 한국 문화에 대한 이미지는 일본에 비해 독창성이 적은 것으로 오해되고 있다. 중국의 복사판 정도로 인식하는 경우가 많음을 솔직히 인정해야 한다. 이러한 낮은 문화 이미지가 상품 가치를 결정하는 데에도 영향을 미친다는 이야기이다. 문화 이미지의 고유성이란 결국 문화 정체성의 문제이다. 이렇게 보면 문화 정체성은 세계화에 저항하는 근거일 뿐만 아니라 효과적으로 그것에 적응하는 자산이기도 한 양면성을 지니고 있음을 깨닫게 된다.

오늘날 문화 산업에서 가장 각광을 받고 있는 분야는 영화이다. 따라서 그만큼 문화적 저항과 수용의 문제성이 첨예하게 인식되고 있는 현장이라 할 것이다. 할리우드 영화 산업의 가공할 세계 지배력, 다시 말해서 미국 문화를 전지구적으로 확산하여 획일화를 추진하는 강력한 전파력에 대해서는 이론(異論)의 여지가 없을 것이다.

최근 할리우드 자본은 동아시아의 문화적 정보에까지 손을 뻗쳐 이를 재생산하는 데에 성공하고 있다. 중국 경극 배우의 신산(辛酸)한 삶을 그린 영화 「패왕별희(覇王別姬)」와 중국 고대의 효녀 목란(木蘭) 전설을 각색한 애니메이션 「뮬란」이 그것이다. 비록 「패왕별희」의 경우 중국인 감독이 만들었고,「뮬란」의 경우에도 제작진에 다수의 재미 화교들이 참여했지만 영화의 내용이나 이미지는 적잖이 서구 스타일로 조정되어 있다.「패왕별희」에서의 두 경극 배우간의 동성애 모티프는 서구 취향에의 영합으로 간주되며「뮬란」에서의 중국 여성 이미지가 서구인들에게 오히려 친숙한 일본 게이샤 이미지로 둔갑되고 있음이 눈에 거슬린다.

할리우드 영화에서의 동아시아 풍정(風情)이 대부분 일본색을 띠고 있는 것은 일찌감치 서구인들의 이목을 선점한 일본 문화 덕분이다. 일본에 의해 대변되고 있는 동아시아, 이것은 서구인들의 오리엔탈리즘과는 다른 차원에서 시정되어야 할 왜곡된 정체성이다. 어쨌든 할리우드 영화 자본에 의해 재현된, 그러나 일정한 스타일로 조정된 동아시아의 이미지들은 우리들의 정체성을 다시 조정하여 결국 획일화의 노선으로 추동한다.

이번에는 우리 측 문화 정체성의 문제를 생각해 보자. 최근 대중 문학에서 환상성이 인기를 끌면서 판타지 장르가 크게 부상하고 있다. 톨킨(J. R. R. Tolkien)의『반지의 제왕』, 롤링(Joan K. Rowling)의『해리 포터』시리즈 등에 고무되어 이미 완성도 있는 장편 대작들이 생산되었고 지금도 유명 무명의 신예 작가들에 의해 작품이 쏟아져 나오고 있으니 그 성황을 짐작할 만하다. 그런데 작품들은 대부분 서구 중세 마법담이나 기사담류의 스토리를 취하고 있다. 간혹 무협 소설이나 동아시아 도술담 같은 내용으로 이루어진 것들도 있지만 판타지의 영역에서는 비정통으로 인식되고 있다.

이러한 이해할 수 없는 서구 마법담 및 기사담 편향의 환상 소설은 같은 동아시아권인 중국과 일본의 경우와 비교해 볼 때 그 문화적 정체성의 문제가 심각히 드러난다. 중국의 경우 전통적인 무협 소설이 서구 환상 소설의 지위를 대신하고 있으며 일본의 경우에는 자국의 요괴담(妖怪譚)을 비롯,『서유기(西遊記)』·『봉신연의(封神演義)』등 중국 전통 소설에서 소재를 취한 환상 소설도 엄연히 병존하고 있는 것이다.

우리가 서구 환상 소설에서 착상을 얻어 오는 것 자체는 개인의 취향이고 하등 문제 될 것이 없다. 다만 환상성이 없다면 모르지만 나름대로 풍부한 전통적 소재에 대한 관심을 저버린다든가 심지어 그런 경향의 작품을 은연중 폄하하여 영역에서 밀어내는 행위는 스스로를 소외시키는 것이나 다름없는 일이다. 대중 문학은 이미 인터넷의 확대에 따라 수많은 문화가 교차, 경합하는 장이 되어 있고 이러한 시점에서 일방의 문화만을 편식, 수용하는 성향은 앞서 말한 문화적 다양성을 위한 저항의 측면에서 볼 때 바람직하지 못한 현상이라 할 것이다.

마지막으로 효과적인 문화적 저항과 관련하여 한 가지 제안하고 싶은 것은 한자 이미지의 확대이다. 데리다(Jacque Derrida)는 알파벳 문자가 서구 문화의 파괴적, 지배적 본능과 상관되는 것으로 보고 이에서 일탈한 상형 문자인 한자의 미덕을 재평가하였는데 감성적 이미지의 조합인 한자는 서구의 합리주의, 이성주의적 편향에 대해 균형을 잡아 줄 수 있다. 아울러 한자는 실재의 보충 대리적 성향이 강하여 타자를 쉽게 이미지화하여 전유하는 기능이 있다.

예컨대 중국에서는 레이건 대통령을 '레이껀(雷根)'이라고 발음, 표기한다. 레이건의 가부장적 이미지를 이렇게 옮겨 자기화한 것이다. 코카콜라를 '커코우컬러(可口可樂)', 생명 보험(insurance)을 '런서우(人壽)'라고 할 때 그들은 원어를 한 번 여과하여 자기식으로 이미지화하는 과정을 거친다. 즉 저항과 수용이 동시에 이루어지는 것이다. 한자의 이러한 기능은 사실 과거에 동아시아 제국에 대해 알파벳 못지않은 지배력을 발휘한 바 있었다. 오늘날 이 점만 주의한다면 한자는 문화적 방면에서 패권적인 세계화를 억지(抑止)하는 좋은 방책이 될 수 있다.

4 야누스와의 대면을 위하여

근대에서 탈근대로 넘어가는 이 시기는 분명 과도기로서의 특징을 지니고 있다. 인류학자 터너(Victor Turner)는 이 시간적 관절의 상태를 경계성(liminality)이라고 불렀다. 경계성은 반구조적이고 역전적(逆轉的)이다. 그래서 다소 불안정하긴 하지만 가능성이 넘친다. 이 시기를 거쳐 우리는 새로운 차원의 문명의 단계로 나아가게 될 것이다.

그러나 새로운 문명으로 진입하기에 앞서 우리는 희망과 절망의 두 얼굴을 한 세계화라는 야누스와 대면해야 한다. 야누스적인 이 상황에의 대응은 어떠해야 할까? 거듭 말하거니와 그것은 저항과 수용의 이중주가 되지 않으면 안 된다. 예컨대 한자 이미지의 확대와 동시에 영어 공용화가 시행될 수 있는 그런 정교하고 다각적인 대응 자세가 필요하다는 말이다. 그 자세를 세우기 위해 바야흐로『삼국지』의 칠금칠종(七擒七縱) 고사를 읽고 제갈량의 신출귀몰한 책략에 감탄하면서도 중국의 주변 민족에 대한 지배욕을 꿰뚫어 보는, 로빈슨 크루소의 표류기를 읽고 그 자력적인 삶의 의지에 감동하면서도 제국주의의 식민지 경영의 책략을 간파해 내는, 그런 지혜가 필요한 때인 것이다.

(『다시 그리는 세계지도』 2000년)

동아시아로 가는 길
―한·중·일 문화 유전자 지도 제작의 의미와 방안

1 유동하는 동아시아

噫吁戲, 아아 !

危乎高哉. 험하고도 높도다.

蜀道之難難于上靑天. 촉나라 가는 길, 푸른 하늘 오르기보다 더 어렵구나.[1]

　동아시아로 가는 길은 지난하다. 어쩌면 그것은 이백(李白)이 읊었던 험
난한 촉도(蜀道)보다 더 어려운 길일 수 있다. 근대 이래 우리는 잃었던 길
을 다시 찾기 위해 애를 썼다. 그러나 각자 옳다고 생각하는 다른 길을 간
적도 있고 길을 잘못 들어 고생을 한 적도 있다. 바른 길을 찾기 위한 그간
의 신산(辛酸)한 여정은 이른바 '동아시아 담론' 속에 고스란히 담겨 있다.

　선사 시대부터 대륙을 위시한 한반도·일본 열도 등 동아시아 여러 지
역은 종족의 이동, 문화 교류 등을 통하여 긴밀한 관계에 있었다. 이러한
관계는 도작(稻作) 농업의 전래라든가 도구 양식의 상동성, 신화 모티프

---

1) 李白,「蜀道難」의 일부 구절.

의 유사성 등 여러 방면의 탐구에 의해 입증되고 있다. 역사 시대에 들어와 춘추(春秋), 전국(戰國) 시대부터 빈번해지기 시작한 동아시아 지역 간의 교류는 한대(漢代)에 이르러 전쟁·교역 등으로 인해 본격화된다. 한대는 특히 중국의 종족적, 문화적 정체성이 확립되는 시기로 당시 성립된 한문학과 유교는 이른바 한학·한문화 등의 이름으로 주변국에 대해 장구한 영향을 미치게 된다. 위진(魏晉) 남북조(南北朝) 시대는 한족(漢族) 정권의 입장에서 보면 혼란기라 하겠지만 사실상 대륙과 주변 지역, 동아시아의 허다한 민족이 활발하게 교류하며 문화를 주고받던 시기였다. 당대(唐代)에 이르러 동아시아 여러 나라, 여러 민족 간의 정치, 문화적 교류는 절정에 달한다. 당 왕조는 위진 남북조 이래의 문화적, 민족적 혼종성(混種性)을 바탕으로 개방과 포용의 정책을 펼쳐 이른바 팍스 시니카(Pax Sinica)의 성세(盛世)를 구현하였다. 수도 장안(長安)은 국제 도시로서 다양한 민족이 거주하였으며 장안의 도시 모델은 신라의 경주, 발해의 상경(上京), 일본의 평성경(平城京) 등에 그대로 재현되었다. 이 시기의 초국적, 다민족적 상황은 오늘날 세계화 현상의 선구라 할 만하다.[2] 바야흐로 "문화는 동사다."라는 반 퍼슨(C. A. Van Peursen)의 언명이 실감나는 시대였던 것이다.

그러나 송대(宋代) 이후 동아시아 여러 나라는 당대의 빈번했던 교류로부터 비교적 소원한 관계로 들어선다.[3] 그럼에도 주자학을 중심으로 유교가 한국·일본·베트남 등에 확산되어 공통의 지배 이데올로기로서의 기능을 하였다. 유·불·도 삼교가 균형 있게 발전했던 당대와는 달리 송대 이후의 중국은 유교 독존의 체제에서 탈피하지 못하여 사상적, 문화적 개방성과 탄력성을 상실하였다. 그 결과 근대에 이르러 서구 열강의 도전에

---

2) 당대(唐代) 문화의 이국적, 세계주의적 성격에 대해서는 정재서, 〈世界化·唐·오늘의 中國〉, 《중어중문학》, 제43집(2008) 참조.
3) 관련 내용은 고병익, 「동아시아 나라들의 상호 소원」, 『동아시아사의 전통과 변용』, (문학과지성사, 1996) 참조.

과감히 응전하지 못하고 침몰하고 말았다. 교조적 유교 왕국이었던 한국은 국권 상실이라는 더욱 비참한 상황에 빠졌다. 다만 불교·유교·토착 사상 등, 상대적으로 중국과 한국에 비해 사상적 소통의 여지를 지녔던 일본이 난학(蘭學) 등의 과정을 거쳐 서구 문명을 순조롭게 수용하여 일찍이 근대화에 성공하였음은 주지의 사실이다.

선사 시대부터 장구한 시기 동안 역사적 경험과 문화적 자산을 공유해 왔던 동아시아 여러 나라는 근대 이후 강력한 외부의 힘에 의해 찢겨져 서로 다른 생존의 길을 걸어왔다. 가령 일본이 '탈아입구(脫亞入歐)'의 모토를 내걸고 이른바 '아시아의 악우(惡友)들'에 대해 절교를 선언한 것이나 과거 동아시아의 내부 질서이기도 했던 천조 체제(天朝體制)가 깨어져 중국이 한국·베트남 등에 대해 종주국의 지위를 상실하게 된 것 등은 바야흐로 동아시아 여러 나라가 각자 새로운 투쟁의 환경에 들어섰음을 의미하였다. 이후 동아시아 여러 나라는 세계 체제의 순환 구조 안에서 부침을 거듭하면서 근대의 험한 격랑을 넘어 오늘에 이르렀다. 제2차 세계 대전이 종결된 후 미·소 양 대국에 의한 냉전 체제가 지배하였으나 소련의 와해 이후 미국 독주의 세계화가 진행되는가 싶더니 그것도 잠시 EU의 결성과 중국·인도의 부상, 동아시아 경제의 도약 등으로 인해 바야흐로 세계는 다극 체제로 나아가고 이 과정에서 세계화와 더불어 지역화는 필연적인 추세가 되었다. 이른바 '동아시아 담론'은 지구 지역화 시대에 강대국 지배 체제에서 벗어나 힘의 균형을 이루는 다극 체제를 구현하기 위하여 일국주의를 불식하고 정치, 경제, 문화적 연대를 지향하는 동아시아 지역 공동체의 형성을 위한 논의로서 출현하였다.

2 동아시아 담론의 경과

동아시아 담론은 협의의 차원에서는 앞서 말한 바와 같이 지구 지역화 시대 다극 체제 지향의 산물이지만 어떤 이유에서든 동아시아 연대를 목표로 한 논의라는 광의적인 차원에서 보면 과거에도 이와 관련된 주장이 여러 차례 제기된 바 있다. 가령 태평양 전쟁 당시 일본 제국은 구미 열강에 대항한다는 명분하에 '대동아공영론(大東亞共榮論)'을 제창하였는데 황국사관(皇國史觀)에 바탕한 이 주장은 공영은커녕 오히려 동아시아 여러 나라에 깊은 상처를 남겼고 일국 패권주의가 결코 용납될 수 없다는 교훈을 남겼다. 아울러 1970년대 이후 일본을 비롯 한국·대만·싱가포르 등 동아시아 여러 나라의 경제 발전에 고무되어 서구 학자들 및 재미 화교학자들에 의해 제기된 '유교 자본주의론'은 동아시아의 발전 가설로서 한때 관심을 끌었으나 자본주의에 대한 과신, 중화사상 재현 등의 혐의로 인해 국민 국가의 한계를 넘어선 대안으로 부상하지는 못하였다.

1990년대 이후 한국 국내에서는 기존의 일국 중심 동아시아 논의를 딛고 정치·경제·사회·문화 등 다양한 층위에서 동아시아 담론이 전개되었다. 가령 인문 과학 분야에서는 계간《창작과 비평》과《상상》·《동아시아 문화와 사상》그룹이, 사회 과학 분야에서는 계간《전통과 현대》와 한백 연구 재단 그룹 등이 활발하게 논의에 참가하였다. 이 중 처음부터 적극적으로 담론을 주도하였던 그룹은《창작과 비평》과《상상》이었는데 이들의 주장을 살펴보면 다음과 같다.《창작과 비평》그룹은 일찍이 백낙청(白樂晴)이 제기한 민족 문학론의 기조 위에서 논의를 전개하였다. 그들은 탈근대 및 근대 극복을 통해 자본주의를 넘어서는 대안 문명과 대안 체제를 창출한다는 취지에서 동아시아 연대를 기획하고 있다. 따라서 근대 이후 현재에 이르기까지의 역사 및 정세 분석이 논의의 중심을 이루고 이 과정에서 각종 사회 과학적 관점이 중요하게 원용되고 있다.《상상》그룹은 이와 대조적으로 처음부터 동아시아 연대를 표방하지 않는다. 오히려 과거의 사례에 비추어 정치, 경제적 연대에 조심스러운 입장을 취하면서 동아시아 연대를 위해서는 미시적인 차원에서 문화적 동질성의 확인이 선행되어야 한다는 입장이다. 그리하여 이른바 '동아시아 문화 제대로 보기' 운동을 통해 동아시아 전통 문화의 가치성을 탐색함과 동시에 '주변 문화론'의 입장에서 서구의 동아시아 문화에 대한 오리엔탈리즘적 편견, 동아시아 내부에서의 화이론적(華夷論的) 관점 등을 비판하는 작업을 수행하였다.

2000년대에 들어와 대부분의 그룹이 해체되면서 동아시아 담론은《창작과 비평》그룹에 의해 주도되는 경향을 보인다. 그런데 2000년 이후《창작과 비평》그룹의 동아시아 담론에서 눈여겨보아야 할 변화가 있다. 동아시아의 중요한 일원인 중국의 정치적 행보 및 국제 사회에서의 역할에 대해 다소 이상화된 인식을 보여 줬던 과거의 경향으로부터 탈피하여 비판적 거리를 확보하기 시작하였다는 점이 그것이다. 이것은 2000년대 들어서 역사 문제, 문화 갈등 등 중국과의 마찰이 표면화되면서 주변국으로서 정치, 문화적 정체성 문제를 도외시할 수 없다는 상황 인식에서 비롯한 것으로 보인다. 이러한 상황 인식은 종래 주목하지 않았던 동아시아 내부에서의 강대국(중국·일본)과 주변국 및 주변 종족(디아스포라 포함) 사이의 긴장과 갈등 문제에 대한 인식으로 확산, 혹은 심화되면서 강대국을 상대화시키는 탈중심의 전략을 취하게 되고 이 과정에서 이른바 '주변에서 본 동아시아' 논의를 전개하게 된다. 그리하여 "주변의 정체성을 새롭게 정립하여…… 억압당한 다원적 주체의 목소리를 발굴"함으로써[4] "동아시아론의 국가주의를 극복"하겠다는[5] 기획을 일관하는 '주변의 관점'은《창작과 비

---

4) 백영서, 정문길 등 엮음,「주변에서 동아시아를 본다는 것」,『주변에서 본 동아시아』(문학과지성사, 2004), 36쪽.

평》그룹의 동아시아 담론이 이전 시기보다 내적 밀도를 갖추게 되었음을 보여 준다.[6]

3 동아시아 공동체로의 첩경 ─ 공유 문화의 탐색

지금까지 국내외에서 제기된 동아시아 담론의 주요 내용들을 일별(一瞥)하면서 드는 생각은 동아시아 공동체를 지향하는 논의들의 바탕에 공유 문화에 대한 인식이 깔려 있다는 것이다. 이것은 인문 과학 방면에서의 논의이든 사회 과학 방면에서의 논의이든 공통의 경향인데 가령 유교 자본주의론은 말할 것도 없고《전통과 현대》·《동아시아 문화와 사상》그룹 역시 유교 문화에 비중을 두었으며《상상》그룹은 신화, 도교, 전통 소설 등 고전 서사와 상상력에 천착한 바 있다.《창작과 비평》그룹은 뚜렷이 어떤 문화인지를 지목하진 않았지만 "공통의 문화 유산이나 역사적으로 지속되어 온 일정한 지역적 교류 등 실체라고 말할 수 있는 무엇"[7]의 존재를 긍정한다. 이러한 중론은 동아시아 공동체로 나아가기 위해 우리가 가장 효과적, 선결적으로 택할 수 있는 방법이 무엇인가를 시사한다. 그것은 문화적 동질성을 확인하는 작업이다. 물론 최근 중국, 일본과의 역사 문제, 문화 갈등 등에서 보듯이 문화 역시 정치화, 이데올로기화될 위험성이 없는 것은 아니나 과거의 사례를 감안할 때 정치, 경제적 공동체를 추구하는 일보다 정서적 동일시를 달성하기 쉽고 자국 중심주의에 함몰될 가능성이 상대적으로 낮기 때문이다.

---

5) 최원식, 「천하삼분지계로서의 동아시아론」, 『제국 이후의 동아시아』(창비, 2009), 70쪽.
6) 그러나 이러한 '주변의 관점'이《창작과 비평》그룹의 창안은 아니다. 위에서 언급했듯이《상상》그룹은 이보다 앞서 '주변 문화론'을 제기한 바 있다.
7) 백영서, 앞의 책, 15쪽.

그러나 1990년대 이후 활발하게 전개되었던 담론 양상에 비해 미시적으로 문화적 동질성을 확인하는 작업의 성과는 그리 높지 않다. 현재 동아시아 공동체를 가장 강력히 추동하는 지적 집단인《창작과 비평》그룹은 멤버 대부분이 근현대사 혹은 근현대 문학 전공자들로 이루어져 동아시아 담론의 경우 근대 이후 사안에 관심을 집중하고 있으며 정치 · 경제 등 사회 과학적 관점에의 의존도가 높아 비록 '문명적 유산', 즉 전통 문화의 창조적 활용을 강조하긴 하지만 사실상 비중이 낮다.[8]

여타 그룹들의 작업 중에서 유교를 제외하고 공유 문화의 관점에서 의미 있는 탐색이 이루어진 사례를 꼽는다면《상상》그룹의 '동아시아 문화 제대로 보기' 운동에서 수행한 동아시아 서사의 공통적 특성 및 현대적 수용에 대한 논의를 들 수 있다. 이 방면의 논의는 그룹이 해체된 이후에도 멤버들에 의해 문화 산업 · 창작 · 비평 등의 분야에서 동아시아 공통의 서사성을 수용, 확인하는 시도로 이어지고 있다.[9]

담론 그룹들의 동아시아 공유 문화에 대한 탐색이 선언에 그치거나 답보 상태에 머물러 심지어 공리공담의 상황을 노정하고 있을 때 이어령(李御寧)은 실증적이고도 미시적인 차원에서 공유 문화에 대한 탐색을 실천함으로써 동아시아 문화 공동체로의 행보를 선구적으로 내디뎠다. 이어령은 정치 · 경제의 이념으로 양극화되었던 세계가 문명 · 문화를 토대로 한 다원적인 세계 구도로 변화해 가고 있다는 인식하에 한 · 중 · 일 삼국의 문화 코드를 읽는 작업을 통하여 공통의 언어와 상상력, 사고의 문법을 구축, 동아

---

8) 이러한 언급이 혹시라도《창작과 비평》그룹의 독보적인 성취를 폄훼(貶毀)하는 데에 이르지 않음은 물론이다. 전통 문화 방면에 한정된 논평일 뿐이다.

9) 가령 이인화는 게임 시나리오에서 동아시아 서사성을 구현하고자 하며, 김탁환은 전통 소설 방식을 원용하여 현대 소설을 창작하고 있다. 필자는『사라진 신들과의 교신을 위하여-동아시아 이미지의 계보학』(문학동네, 2007)에서 신화, 도교적 상상력을 토대로 한 · 중 · 일의 문학과 문화를 비평, 분석한 바 있다.

시아 공유의 문화 기반을 마련하는 데에 목표를 둔다.[10] 이를 위한 실천으로 가치 중립적이고 역사적으로 공유해 온 구체적인 대상물의 상징과 이미지를 비교해 그 차이와 공통점을 밝히는 작업을 수행하였는데 1차 작업이 "사군자(四君子)와 세한삼우(歲寒三友)를 통해 본 한·중·일의 문화 코드 분석"이었고 결과물로 매(梅)·란(蘭)·국(菊)·죽(竹)·송(松)에 관한 다섯 권의 책을 2006년에 완간하였다. 2차 작업인 12지(支)에 대한 분석은 이어령이 주관하는 한중일비교문화연구소에 의해 현재 진행 중이다.[11]

이어령의 이러한 기획은 몇 가지 의미에서 중요하다. 첫째, 동아시아 문화 공동체 추구를 선언적, 담론적인 차원에서가 아니라 미시적으로 실제의 가능성과 유효성을 확인하고 검증했다는 점이다. 둘째, 문화적 동질성의 확인 범위를 정의조차 애매한 동아시아가 아니라 한·중·일로부터 시작함으로써 문화 공동체 형성에 보다 현실화된 접근법을 취했다는 점이다. 셋째, 문화 유전자 혹은 문화 코드의 개념을 도입하여 문화적 동질성의 추상성을 벗겨 냄으로써 같고 다름의 구별을 보다 분명하게 했다는 점이다. 아울러 이러한 개념들은 한·중·일의 문화적 동질성을 요연하게 파악할 수 있도록 계량화, 도식화하는 데에도 유용할 것이다.

4 한·중·일 문화 유전자 지도 제작의 의미와 방안

동아시아 문화 공동체 건립을 위한 선결적인 과제로서 한·중·일 공유 문

---

10) 이어령, 「한·중·일 문화 코드 읽기를 펴내며」, 『국화』(종이나라, 2006).
11) 그러나 이어령의 작업은 1992년에 출간된《한국 문화 상징 사전》(동아출판사)에서 이미 그 맹아를 틔웠다고 볼 수 있다. 이어령의 주도하에 기획, 편찬된 이 사전에서는 한국 문화 상징의 해설에만 그치지 않고 동일한 사항에 대한 중국·일본의 상징 의미를 병기, 비교함으로써 향후의 방향을 예시하고 있기 때문이다.

화에 대한 탐색은 한·중·일 공유의 문화 유전자 지도를 제작하는 일에 비유할 수 있을 것이다. 동아시아 담론이 흥기한 이후 연대를 향한 과정에서 가장 중요한 문화적 실천이 될 이 작업은 크게 다음의 두 가지 의미를 갖는다.

첫째, 동아시아 문화와 세계 문화와의 관계에서 볼 때, 이 작업은 동아시아의 문화적 정체성을 담보할 수 있을 뿐 아니라 획일화되어 가는 세계 문화에 대해서도 생태적 다양성을 부여할 계기가 될 것이다. 근대 이후 세계문화는 서구문화 중심으로 재편되었고 세계화가 가속되면서 동아시아 지역의 문화적 정체성은 점차 약화되어 가고 있다. 이러한 현상은 우리가 흔히 자유롭다고 생각하는 상상력의 세계에서도 예외가 없다. 예컨대 청소년들은 이제 용을 사악한 괴물로 여기지 상서롭게 생각하지 않으며 인어 아가씨는 있어도 인어 아저씨[12]의 존재는 꿈도 꿈 줄 모른다. 문화적 정체성 상실의 징후인 상징의 괴란(乖亂), 상상력의 전도(顚倒) 현상은 청소년들에게만 있는 것이 아니다. 그리스 로마 신화가 상상력의 표준으로 군림하면서 특정 지역의 신화 모티프에 착안한 오이디푸스 콤플렉스가 전 세계의 문화 현상을 무차별적으로 설명하는 보편 기제(機制)로서 횡행한다. 지중해 연안 민족과는 달리 동아시아 민족의 신화에서 친부 살해 의식은 거의 표현되지 않는다. 문화적 토양의 차이를 무시하고 특정 문화에서 성립된 가설을 전가(傳家)의 보도(寶刀)처럼 사용해 온 것이 우리의 실정이었다. 프로이트(S. Freud)가 동아시아인으로서 동아시아 신화를 접했다면 과연 오이디푸스 콤플렉스를 창안했겠는가? 왜 우리는 동아시아 신화를 바탕으로 오이디푸스 콤플렉스처럼 스스로의 문화를 설명할 수 있는 틀을 생산하지 못하는가? 동아시아 문화 유전자 지도가 성공적으로 제작된다면 동아시아를 보다 심층적으로 설명할 수 있는 가설을 세울 수 있을 것이다. 그리

---

12) 『산해경(山海經)』을 보면 저인국(氐人國)이라는 인어의 나라가 있는데 삽화를 보면 이들의 대표적인 형상은 인어 아가씨가 아닌 인어 아저씨로 되어 있다.

고 그 과정에서 동아시아 문화의 정체성을 확보함과 동시에 세계 문화의 다양성을 구현하는 데에 나름의 몫을 할 수 있게 될 것이다.

둘째, 동아시아 문화 내부의 관점에서 볼 때, 이 작업은 동아시아 여러 나라의 문화적 동질성을 확인시켜 줌과 동시에 동질성 속의 차이를 인식하게 함으로써 동아시아 여러 민족 간의 이해를 도모하여 참다운 의미에서의 연대에 도달하도록 해 줄 것이다. 진정한 연대를 이룩하기 위해서는 무조건 동질성을 전제하고 차이를 억압하는 것이 아니라 동질성의 확인과 동시에 차이를 이해하고 포용하는 자세가 필요하다. 최근 인터넷상에서 불붙었던 한·중 간의 문화 갈등은 동질성만 전제되었지 바로 이 차이의 문제를 소홀히 했던 데에서 발생한 것이다. 예컨대 단오절의 귀속 문제를 둘러싼 쟁론은 단오절이 중국으로부터 유래하여 동아시아 여러 지역에서 민속으로 정착했다는 표면적 동질성만 염두에 두었지 실제 한국 강릉 단오제의 내용이 중국과는 상당히 다른 토착 문화였다는 차이성, 즉 동명이실(同名異實)의 현실을 이해하지 못한 데에서 빚어진 것이었다. 따라서 성급한 연대 의식 이전에 동아시아 내부의 변별성을 확인하고 각국의 타자성을 겸허히 수용하는 호혜 의식의 단계를 거칠 것이 요구되는데[13] 우리는 문화 유전자 지도 제작의 과정에서 이러한 단계를 필연적으로 경험하게 될 것이다.

다음으로 한·중·일 문화 유전자 지도 제작의 방안에 대해 생각해 보기로 하자. 사실 이 작업은 한중일비교문화연구소에 의해 이미 효율적으로 진행되고 있기 때문에 이 글에서는 기왕의 작업에서 채택하고 있는 방안까지 포함하여 제시하게 될 것이다.

첫째, 이데올로기·사상 같은 거대 담론에 대한 추상화된 비교보다도

---

13) 앞의 글, 「동아시아 문화론의 구경(究竟)」, 101쪽.

실제 생활을 구성해 온 세목들을 통한 비교가 효과적이다. 이어령은 문화 유전자를 추출해 냄에 있어서 가치 중립적이고 역사적으로 공유해 온 구체적인 대상물에 우선 주목하였다. 이어령의 이러한 방안은 미시적인 차원에서 동아시아 각국 문화의 동질성과 차이성을 확인해야 한다는 취지에 가장 부합된다. 아울러 구체적인 대상물의 선정과 관련하여 우리는 동아시아의 사물 분류법을 참고할 필요가 있다. 『태평광기(太平廣記)』·『태평어람(太平御覽)』 등 전통 유서(類書)의 분류법은 오늘날 통용되는 린네(Carl von Linne)의 서양식 분류 체계와는 다르지만 동아시아인의 사물을 분별하는 고유한 인식을 반영하고 있다. 이 때문에 한·중·일 문화 유전자와 관련된 구체적인 대상물을 선정하는 데에 도움을 줄 수 있을 것이다.

둘째, 유전자가 인체의 심층에서 작동하는 것처럼 문화 유전자는 문화의 이면에서 우리를 규율해 온 원형 같은 실체일 수 있다. 이야기하는 동물인 인간은 서사를 통해 정체성을 형성할 뿐만 아니라 억압된 본능과 욕망을 표출하기도 한다. 이에 따라 신화·전설·민담 등의 전통 서사에는 해당 민족의 풍토와 습속에 따른 고유한 문화적 코드가 담겨 있다. 가령 서양에서는 요정 이야기(fairy tale)가 널리 퍼져 있지만 한·중·일을 위시한 동아시아 문화권에서는 그런 이야기 유형이 드물고 신선 이야기(immortal tale)가 우세하다. 반면에 서양 민담에서는 신선이란 존재가 거의 출현하지 않고 성자·성녀가 그에 상응할 정도이다. 따라서 신선은 서양의 요정과 대조적인 차원에서 동아시아인의 심층에 내재하는 본능과 욕망을 집약한 문화적 징표가 될 수 있다.

셋째, 문화 유전자 지도 제작의 과업은 대학이나 민간 단체의 연구소와 같이 정치색을 배제한 기관에서 수행하는 것이 좋을 것이다. 아울러 한·중·일 삼국의 연구소가 함께 협의하면서 공동으로 제작할 수 있다면 더욱 바람직할 것이다. 과거의 실패한 동아시아 담론의 전철을 밟지 않기 위해서는 특정한 정치적 목적, 자민족 중심주의 등에 함몰되지 않도록 각별한 주의가 요청되는데 이를 위해 문화 유전자 지도 제작의 주체는 민간 단체가 되는 것이 소망스럽다.

5 동아시아인, 세계인을 꿈꾸며

도교의 대장경이라 할 『도장(道藏)』에 『금액환단백문결(金液還丹百問訣)』[14]이라는 책이 있는데 여기에 흥미로운 기록이 있다.

옛날에 이광현(李光玄)이라는 사람이 있었는데 발해인이었다. 그는 어려서 부모를 잃고 형제와 노비 몇 명이 있었으나 집안에 거액의 재산을 소유하였다. 광현이 20세 때에 고향 사람을 따라 배를 타고 산동(山東)·절강(浙江) 등의 지역을 왕래하였다. 그렇게 무역을 하고 돌아다니다가 항해 중에 한 도인을 만났다. 둘은 한 배에서 조석으로 얘기를 나누었는데 도인은 신라·발해·일본 등을 돌아다녔다고 말하였다. 그러자 광현이 도인에게 물었다. "중국에는 좋은 일이 없습니까? 어째서 바다 건너 돌아다니십니까?" 도인이 대답했다. "내가 세상에 있는 것은 뜬구름과 같아 무어라 마음 둔 것이 없다. 그래서 바다 건너 돌아다니는 것이다." …… 나중에 동쪽 해안에 배가 닿자 도인은 신라, 발해에 놀러 가고자 하여 광현과 작별하였다.

(昔李光玄者, 渤海人也. 少孤, 連氣僮僕數人, 家積珠金巨萬. 光玄年方弱冠, 乃逐鄕人, 舟船往來於靑社淮浙之間, 貨易巡歷. 後却過海遇一道人, 同在舟中, 朝夕

---

14) 출처는 『道藏』, 132책, 洞眞部, 方法類, 重字號. 이 책의 저자 이광현과 관련된 논의는 朱越利, 「唐氣功師百藏道人赴日考」, 『世界宗敎硏究』(北京, 1993, 第3期) 및 임상선, 「渤海人 李光玄과 그의 道家書 檢討」(이화여대: 제54회 한국고대사학회 정기발표회, 2000. 5. 20), 정재서, 「世界化·唐·오늘의 中國」, 《중어중문학》, 제43집(2008) 등의 논문 참조.

與光玄言話巡歷新羅渤海日本諸國. 光玄因謂道人曰, 中國豈無好事耶. 爭得過海遊歷. 道人曰, 我於世上喩若浮雲, 心無他事, 是以過海 …… 後至東岸下船. 道人自欲遊新羅渤海, 告別光玄.)

발해인 이광현이 항해 도중 만난 도인은 신라 · 발해 · 일본 등 동아시아 여러 나라를 제집처럼 돌아다닌다.『금액환단백문결』의 다음 내용에 의하면 이광현은 후일 당에 들어가 천하 명산을 순방한 끝에 숭산(嵩山)에 안착한다. 그리고 그곳에서 도를 닦다가 세상을 마친다. 이광현의 무역 및 구도(求道)를 위한 여행과 중국 정착, 도인의 동아시아 여러 나라에 대한 자유로운 편력 등을 통해 우리는 중세 유목민적 삶의 이면에 깔려 있는 세계 시민 의식 같은 것을 감지할 수 있다. 그것은 동아시아 세계의 시민 의식 같은 것이라고 할 수 있겠다.

우리가 익히 알고 있는 혜초(慧超)나 최치원(崔致遠) · 장보고(張保皐) · 엔닌(圓仁) 같은 저명한 인물들은 그렇다 치더라도 이름 없는 민초들조차도 그 이른 시기에 도교라는 문화적 동질성을 바탕으로 사해(四海)를 공유했다는 사실은 근대 이후 침략과 냉전, 갈등 속에서 상호 단절감을 지니고 살아온 우리의 동아시아인에 대한 통념적 감각을 뛰어넘는다.

오늘 우리의 의식은 과연 당대의 이광현보다 자유로우며 무엇보다 동아시아인으로서 같은 세계에서 같은 문화를 향유한다는 일체감에 젖어 있는가? 대답은 그다지 긍정적이지 않을 것 같다. 그러나 앞에서 살펴보았듯이 비록 근대 이후 와해된 것처럼 보이나 동아시아 공유의 문화는 분명히 존재한다. 한 · 중 · 일 삼국의 문화 유전자 지도 제작의 당위적 근거가 바로 여기에 있다. 이 작업은 잠재된 동아시아의 문화적 동질성을 환기시키는 데에 그치지 않고 나아가 공동체 형성의 초석을 마련하는 일이 될 것이다.

그렇다면 향후 성립될 동아시아 문화 공동체의 바람직한 모습은 어떤 것이어야 할까? 문화적 동질성의 바탕 위에 각국 간의 문화적 차이를 인정하는 호혜적 정신을 근간으로 성립된 동아시아 문화 공동체는 서구 문화 등 자신과는 다른 세계 문화에 대해서도 마땅히 그러한 입장을 지녀야 할 것이다. 그것은 동아시아 문화가 과거 서구 문화의 대립적 논리처럼 '동아시아적인 것'이라는 일방적, 배타적 논리에 그치는 것이 아니라 상대방과의 차이성을 인정하고 넘어서면서 세계적, 인류 보편적인 원리로 승화되어야 함을 의미한다. 따라서 우리의 동아시아 문화 공동체는 지역적인 차원에서 출발하였으나 궁극적으로는 동서간의 대립을 극복하여 이른바 "지평의 고양 과정 끝에 도달한 …… 동아시아 문화론이라고 이름 할 수 없는 그 무엇"[15] 혹은 "동아시아를 넘어서 인간의 아이덴티티를 강화한 세계"[16]를 지향해야 할 것이다.

정치, 경제상의 동아시아 공동체를 향한 발걸음이 빨라지고, EU가 유럽합중국으로의 순항을 계속하고 있는 이즈음 동아시아 문화 공동체를 향한 한·중·일 문화 유전자 지도 제작이 갖는 구체적, 실천적 의미는 이래서 막중하다. 바야흐로 시작은 비록 미약하나 그 끝은 창대(昌大)한 과업이 우리의 목전에 놓여 있는 것이다.

《중국어문학지》 2009년 제31집)

---

15) 앞의 글, 「동아시아 문화론의 구경(究竟)」, 101쪽.
16) 사까모토 요시까즈(坂本義和), 「21세기에 '동아시아 공동체'가 갖는 의미는 무엇인가?」, 『동아시아의 재발견』(瑞南 李洋球 會長 20周忌 追慕 國際學術大會 論文抄錄集, 2009.9.18), 42쪽.

동양학의 도상(途上)에서

동양학의 틈새와 흔적을 찾아서

전문 직업인 중 학자들의 삶처럼 단조로운 것이 있을까? 그들의 삶은 결코 다채롭거나 자극적이지 않다. 하루 중 대부분의 시간을 그들은 몇 평의 연구실 안에서 보내고 가끔 강의실 사이를 왕래할 뿐이다. 그들이 접하는 대상이란 아직 때묻지 않은 홍안의 학생들일 뿐, 따라서 그들이 경험하는 인간 현실 역시 지극히 제약되어 있다. 논문 청탁이 아니라 삶에 대한, 그것도 무언가 유별난 삶에 대한 진술을 주문받을 때 아마 대부분의 학자들은 곤혹스러워 하리라. 특기할 만한, 감동적인 삶의 단편들이 그다지 많지 않은 그들이 고작 써 낼 수 있는 것이란 대학이라는 지극히 좁은 공간 안에서의 생활 체험 아니면 머릿속에서 이루어지는 학문 체험과도 같은 단조롭고 무미한 내용이기 십상이다.

내가 쓰고 있는 이 글 역시 이러한 곤혹감에서 비롯한 것이다. 그다지 극적인 삶을 살아 보지도 못한 내가 무슨 흥미로운 이야기를 할 수 있단 말인가? 더구나 학문의 길에 일단락된 결론 같은 것이 있을 수 있을까? 아마 정년이라는 형식적 마감을 통해서라면 그런대로 감회를 말할 수는 있겠으나 아직 도상(途上)의 학인이 자신의 학문적 생애의 득실을 이야기한다는 것, 그것도 상당수의 독자를 예상하고 삶의 전범이 될 글을 쓴다는 것은 실로 어쭙잖고 낯뜨거운 일이 아닐 수 없다. 도상! 그렇다. 이 글이 결코 대가의 고담(高談)이 아니고 여전히 신고(辛苦)의 와중에서 암중모색하는 도상의 학인의 토로 같은 것이라면, 그리고 저 중국의 문호 노신이 가장 평범한 인간 '아큐'의 전기를 쓰면서 자평했듯이 불후(不朽)가 아닌 속히 썩어 없어질(速朽) 글과 같은 것이라면 나는 마음 편히 말할 수 있을 것 같다.

누구든 자신의 학문적 이력을 돌이켜 볼 때 으레 떠올리게 되는 것은 대학 시절, 혹은 연구 과정에서의 몇 가지 인상 깊었던 에피소드들이다. 아니, 어느 분야에서든 이 나이쯤 되면 자신의 삶에 영향을 주었던 그럴듯한 에피소드 한두 개 정도는 간직하고 있게 마련인가 보다. 누가 말했던가? 현실이 햇볕에 바래면 역사가 되고 달빛에 물들면 신화가 된다고. 마치 삶의 오의(奧義)라도 담겨 있는 듯한 그런 에피소드들은 본래 일상의 쇄사(瑣事)였겠으나 어느덧 연륜의 이끼에 덮여 신화가 되어 버린 것이다.

두고두고 잊히지 않는 기억 중 하나는 전공이 생물학이었던 시절, 지금은 고인이 되신 원로 교수님이 첫 수업에서 하신 말씀이다. 선생님은 들어오시자마자 칠판에 한강 다리를 그려 놓고 "여기 이 다리를 건너가는데 수백만 명 중 한 명이 실족한다고 하자. 확률상으로는 거의 100퍼센트 안전하다고 할 수 있겠지만 생물학은 그 실족한 단 한 명의 생명을 100퍼센트 문제 삼는다."라고 말씀하신 것이다. 그리고 다른 몇 마디 당부와 함께 한 10분 쯤 계시다가 바쁜 일이라도 있으신 듯 휑하니 나가셨다. 물론 이후 한 학기 내내 선생님은 나타나지 않으셨고 수업은 박사 과정 제자가 대신하였다. 그러나 원로 교수님의 그 말씀은 내가 갖고 있던 자연 과학에 대한 기존의 통념을 크게 흔들어 놓았고 특히 생물학을 인문학과 소통적 차원에서 바라보도록 하는 큰 계기가 되었다. 지금 생각해 보면 당시에는 원로 교수님의 영향이었는지 아니면 학풍이 지금보다 느슨했던 탓이었는지 자연 과학일지라도 낭만적인 기풍이 넘쳐흘렀다. 언젠가 실험 과목의 기말 고사 시간이었는데 수업을 하도 많이 빼먹은 관계로 쓸 것이 없어 우두커니 창밖의 비 내리는 모습을 쳐다보다가 거의 시간이 끝나 갈 무렵이었다. "답안지 여백에 뭐든지 오늘 우중(雨中)의 감회를 적어서 내라." 담당 강사 선생님이 문득 이런 말을 하는 것이 아닌가! 공부한 것도 없던 차에 잘 됐다 생각하고 노산(鷺山) 이은상의 "천하 고뇌인들아 밤빗소리 듣지 마소……." 운운하는 짧은 시구를 적은 후 우중에 준비 없이 나와 시험에 임한 고통스러운 심경의 표백으로 답안지를 다 채웠는데 후일 B 학점이 나와서 어리둥절했던, 그러나 한편으로는 득의(得意)하기도 했던 일도 있었다.

결국 이러한 관대한 분위기에 힘입어 부전공으로 중국 문학을 하고 학부 졸업 때에는 당시 막 개설되었던 분야로서, 거시 이론적 성격이 농후해 마음에 들었던 생태학을 논문으로 썼다. 『조선 왕조 실록』을 소재로 풍수 지리설을 생태학적으로 분석한 것이었는데 생물학과 중국 문학의 기괴한 결합이라 할, 마치 크레타 섬의 괴수 미노타우로스 같은 논문이었다. 지금도 감사하고 운이 좋았다고 느끼는 것은 정통 자연 과학의 입장에서 결코 받아들이기 어려웠던 이단적, 잡종적 취향을 배척하지 않고 품에 안아 주었던 당시 생물학의 너그러운 학풍이다.

생물학을 떠나 숙원의 중국 문학으로 진입하였을 때 나는 이미 두 권의 책에 흠뻑 빠져 있었는데 그것은 『삼국지』(원래 이름은 『삼국연의』)와 『노자』였다. 이들에 대해 가졌던 관심은 공교롭게도 지금 내가 부심하고 있는 두 가지 문제의식과 깊이 상관되어 있다. 먼저 『삼국지』에 대한 나의 장황한 애독의 변은 이러하다.

동양에서 가장 많이 읽힌 책, 세계에서 성경 다음으로 많이 읽힌 책이라는 영예를 갖고 있는 『삼국지』에 대해서는 허다한 대중적 신화가 뒤따른다. 예컨대 "『삼국지』를 세 번 읽은 사람과는 말도 하지 말라."라든가 "『삼국지』를 어린애에게 읽혀서는 안 된다."라는 속설은 『삼국지』를 통한 권모술수의 습득을 경계한 것이며 "출사표를 듣고 눈물을 흘리지 않으면 남아가 아니다."는 『삼국지』의 탁월한 문학성을 두고 한 말이다. 동화책이 많지 않았던 어린 시절, 읽을 것에 굶주려 있던 나는 선친의 서재에 꽂혀 있던 번역판 『삼국지』를 그렇게 엄청난 책인지도 모르고 무턱대고 탐독했다. 처음에는 문장이 한문 어투라 어렵고 고사성어가 많이 나와 한 권을 읽는 데 몇 달 가까이 걸렸다. 몇 달이 하루쯤으로 단축된 것은 대학 시절 무렵이었으리라. 그 사이에 나의 지향도 유비의 비분강개한 영웅주의로부터 제갈량의 성실한 인간주의에로 흠모의 대상을 바꾸어 갔다. 한 단락의 본격적인 연애 묘사조차 들어있지 않은 『삼국지』가 "소설은 연애 이야기"라는 통념을 깨고 한참 이성에 눈을 뜨고 관심을 가져야 할 사춘기, 청년기의 우리를 사로잡을 수 있었던 마력은 과연 어디에 있는 것일까? 그것은 근본적으로 『삼국지』의 유장한 정서와 다양한 인물상이 한 시대의 단순한 반영이 아닐뿐더러 연애 이야기로서의 흥미를 뛰어넘는 심후한 감동의 뿌리를 우리의 유구한 역사적 삶과 무한한 잠재의식 양면에 모두 두고 있기 때문이다.

그러나 대학원에 들어와 소설을 전공하면서 본격적으로 문학 공부를 시작 했을 때 불행히도 『삼국지』에 대한 신화는 깨어졌다. 새로운 소설 이론에 의해 『삼국지』를 분석해 보니 그 책은 미성숙한, 문학성이 떨어지는 작품이었다. 우선 구조면에서 『삼국지』는 완결성이 부족했다. 전5권의 4권쯤 되어서 유비, 조조, 장비, 관우 등 주요 인물들이 다 죽고 나중에 제갈량까지 죽었는데도 이야기는 끝나지 않고 상당 부분 계속되고 있었다. 세상에, 주인공이 다 죽었는데도 이야기가 혼자 돌아가는 경우가 있단 말인가? 다음으로 『삼국지』는 리얼리즘의 차원에서 문제가 있었다. 현실 역사가 생동감 있게 잘 진행되어 나가다가 가끔 귀신이 출현하거나 주술적 행위를 벌이는 등 초자연적인 내용이 끼어드니 리얼리티가 떨어질 수밖에 없다. 이

밖에도 『삼국지』에는 웬 등장인물이 그리도 많은가? 문학 작품에도 경제 원칙은 적용되는 법. 최소의 묘사로 최대의 감동을 자아내야 짜임새 있는 작품이라 할 것인데 그렇게 보면 『삼국지』는 미학적 효율성이 낮은, 산만 하기 그지 없는 소설인 셈이다.

이 모든 『삼국지』에 대한 저열한 평가들은 우리가 그동안 당연한 이치로서 배워 왔던 일반 문학 이론의 원칙에 입각해 내려진 것들이었다. 우리는 스스로의 문학에 대해서는 동양권의 문학으로 분류해도 저편의 문학은 굳이 서구 문학이라 할 것 없이 일반 '문학'으로서의 표준성을 부여해 왔다. 항간의 '문학 비평', '문학 이론'이 내용상 중국, 인도 등 여타 세계의 그것과 무관한 것이 현실 아닌가? 현행의 문학 이론에 의한 일방적인 불리한 평가는 『삼국지』에만 국한된 것이 아니었다. 1960년대에 하버드 대학의 한 미국인 중국학자는 중국 소설이 근대 무렵 서구 소설의 세례를 받기 전까지 상술한 여러 결점들을 벗어나지 못한 채 답보 상태를 거듭해 왔다고 천명했다. 놀라운 것은 수백 년 동안 서구 세계보다도 훨씬 더 많은 수의 독자가 탐독해 왔던 명작이 하루아침에 일방의 기준에 의해 미숙하고 질 낮은 졸작으로 격하된 이 엄연한 종족적 편견, 문화적 차별에 대해 정작 피해 당사자인 중국 문학에서는 최근까지도 근본적인 문제 제기가 없었다는 사실이다. 간혹 산발적으로 불만을 표시하는 경우도 있었으나 대부분의 경우 서구 소설론의 입장에 순응하는 편이었다.

그런데 중국 문학에도 수천 년의 문학 전통이 있고 독자적인 문학 이론, 미학적 관점이 성립되어 있으니 결코 한 지역의 문학 이론을 잣대로 평가할 수는 없다고 이의를 제기하자 예상할 수 있는 여러 비판들이 쏟아져 나왔다. 개중에는 시대착오라든가 신판 중화주의, 국수주의라는 등의 터무니없는 오해를 비롯하여 동양을 특화시키는 또 하나의 대립적, 이분법적 사고라는 그럴듯한 지적도 있었다. 필자의 견해는 서구 문학의 위업을 인류 문화의 소중한 유산으로 우리가 인정해 왔듯이 중국 문학에 대해서도 호혜적인 인식을 가져야 한다는 자연스러운 요구에 따른 것이며 중국 문학이 현금의 문학에 대해서 나름대로 발언할 수 있다면 그것은 세계 문학의 다양성을 위해서도 바람직한 일이라는 판단에 근거한 것이었다. 이러한 견해는 "우리 것은 좋은 것이여!"류의 발상과는 애초부터 다른 것이며 서구 문학을 폐기하고 동양 문학으로 그 지위를 대체하려는 망상 따위와는 더더구나 인연이 없는 일이다. 그런데도 거의 기계적으로 앞서와 같은 비판들이 나왔던 것을 보면 국수주의, 이분법적 사고 등의 그 내용들이란 실상 우리의 심중에 내재되어 있는, 그동안 횡행했던 일방의 문학 패권주의에 대한 피해 의식에 다름 아님을 알 수 있다. 이렇게 볼 때 비판했던 분들이 조금만 더 필자의 글을 꼼꼼이 읽었더라면 근본적인 입장에서 필자와 그렇게 다른 생각을 하고 있던 것은 아니라고 느끼지 않았을까 하는 아쉬운 생각마저 든다.

한편 대학 시절 처음 『노자』를 접했을 때의 충격을 지금도 나는 잊지 못한다. 불과 5000여 자의 짧은 편폭으로 이루어진 『노자』를 밤을 새워 읽고 또 읽은 다음 날 아침 나에게 다가온 세계는 이미 어제의 그것이 아니었다. 『노자』의 첫 장은 이렇게 시작된다. "말할 수 있는 진리는 영원한 진리가 아니고 이름 붙일 수 있는 이름은 영원한 이름이 아니다.(道可道, 非常道. 名可名, 非常名)" 이 한마디로 이제까지의 모든 성현·달인들의 주의·주장은 빛을 잃는다. 심지어 공자의 언설까지도. 그리하여 『노자』에서는 '황홀'하고도 '미묘'한 진리를 '도'라고 잠시 부르기로 하고 겸손과 허무, 물과 부드러움의 여성 원리를 찬양한다. 나아가 가식 없는 행동으로 우주 질서에 조화될 것을 주장하는 무위자연의 철학 체계를 수립하게 된다. 『노자』 철학의 이러한 체계는 원시 공동체의 신화적 사고로부터 직접 우주론 및 인간론으로 발전한 것이다. 우리가 『노자』의 언설을 접하는 순간 지친 심신이 마치 고향의 품에 안긴 듯 포근한 정서에 감싸이게 되는 것은 바로 그 말이 지닌 신화적 힘 때문이다.

그런데 대학원에 들어가 중국 문학의 일반적인 경향을 둘러보니 『노자』에 대한 나의 애호는 개인적인 기호나 감상으로 묻어 두는 편이 좋을 듯싶었다. 왜냐하면 『노자』, 즉 그것에 바탕한 도교와 같은 것은 당시 중국학에서 정통 학문으로 간주되지 않았고 그런 것에 관심을 둔 사람은 이단시되거나 이상한 취미를 가진 사람으로 희화화되기 십상인 분위기였기 때문이다. 원인은 중국학계에 지배적으로 깔려 있는 유교-경학(經學)의 정통론적 관념에 있었다. 따라서 사상, 철학계에서는 경학, 문학계에서는 공자가 편집한 『시경』의 맥을 잇는 시가 문학이 정통이었다. 도교 연구는 사실상 학문으로 여겨지지 않았고 소설·희곡 역시 속문학이라 해서 찬밥 신세를 면치 못하였다. 주위의 친구들이나 선배들 중에는 나보고 도교를 한다고 신선이 될 거냐며 기롱(譏弄)하는 사람도 있었고 진정 염려해서 그런 것을 전공으로 삼지 말라고 만류하는 이도 있었다.

그러나 주위의 곱지 않은 시선을 느낄수록 나의 마음속에서는 지배 사조인 유교에 중국 문화의 정통적 지위를 부여하고 그 틀로만 일관되게 중국을 파악하려고 하는 종래의 입장에 대해 강한 반발과 회의가 일어났다. 여기에는 사실 『노자』의 상대주의적 진리관이 크게 작용하였을 것이다.(제발 이러한 발언이 유교가 중요하지 않다는 식의 즉각적인 오해를 불러일으키지 않기를. 그 숱한 성급한 단정들!) 내가 생각하기에 유교를 중심으로 중국 문화의 자기 동일성을 강조하는 이면에는 분명히 어떤 정치적, 종족적 의도가 있는 것 같았다. 엄격한 위계질서의 개념 위에 성립된 유교 이데올로기의 궁극적 귀착은 결국 중국이고 보면 유교중심의 중국 이해란 중국과 주변을 준별하는 화이론(華夷論)적 사고 위에서 중국 문화의 독자성·순결성을 확인하고자하는 행위로 볼 수도 있었다. 나의 이러한 의혹은 도교를 보다 본격적으로 이해하기 위해 초기 도교의 이론과 방술(方術)의 집대성인『포박자(抱朴子)』를 읽으면서 더욱 깊어졌다. 알고 보니 중국인들의 삶 속에는 분명히 유교 논리로만 환원, 해석되지 않는 또 다른 작용 원리가 있었던 것이다. 나아가 도교적 사유의 근원을 캐기 위해『산해경(山海經)』이라는 기서(奇書)의 신화적 세계로 들어갔을 때 나는 중국 문화가 결코 유교에서 얘기하고 있는 것처럼 삼황오제(三皇五帝) 혹은 요(堯)·순(舜)·우(禹)·탕(湯)·문(文)·무(武)·주공(周公)의 차서(次序)에 따라 시초부터 자기 동일성을 갖고 일관성 있게 전개되어 온 것이 아닐뿐더러 중원의 지배 문화를 중심으로 한 정합적인 실체도 아니라는 것을 확신하게 되었다. 이렇게 보니 중국은 주변 문화의 모자이크였고 도교는 그러한 주변 문화적 요소를 가장 농후하게 지닌 사조였던 것이다. 사실 이러한 견해는 근대 초기부터 선각적인 중국학자들에 의해 이미 제기되어 왔던 것이었지만 학계의 전통적, 지배적인 경향은 여전히 유교 중심의 단원론적인 문명 사관을 고수하는 입장이었다.

『삼국지』의 경우 서구 측에서의 동양에 대한 편견, 이른바 오리엔탈리즘이 문제가 되었듯이 동양 내부에서는 중국과 주변, 유교와 여타 문화와의 관계가 충분히 문제화될 수 있을 것이다. 이것은 우리의 서구 오리엔탈리즘에 대한 비판이 반사적으로 완벽한 중국의 재현을 의미하는 것이 아님을 시사한다. 데리다(J. Derrida)의 이른바 언어·사유 등 문화상의 '폭력적 위계질서'는 중국에도 엄연히 존재하고 있었던 것이다. 다시『삼국지』를 예로 들면, 서구 소설론에 의해 부당하게 폄하된 부분은 당연히 복권되어야 하겠지만 가령 제갈량이 남만(南蠻)의 왕 맹획을 일곱 차례 사로잡았다가 일곱 차례 놓아주어 완전히 심복(心服)하게 만들었다는 대목 같은 것은 중국의 종족주의, 즉 주변 민족에 대한 지배론적 의도를 드러낸 것으로 비판적 읽기가 필요한 부분이다. 아마 그 부분은 역사상 누차 침공했으나 정복을 달성하지 못한 베트남에의 지배욕의 소설적 실현으로 보인다. 이러한 역사적 욕망의 소설적 실현은 동기는 다르지만 우리의 『임진록』에서도 사명당의 도일(渡日) 설욕담으로 나타난 바 있다.

아무튼 도교 등 주변 문화의 입장에서 중국 문화를 재인식하고 중국과 주변 문화와의 관계성을 재고하려고 했던 나의 시도는 아직도 모화적(慕華的) 기풍을 미덕으로 견지하고 있는 일부 학자들로부터는 사문난적(斯文亂賊)의 행위인 양 불온시되기도 하였지만 다행히도 1980년대 말 도교 연구를 위한 공식 학회가 성립되고 최근 포스트모더니즘 · 생태학 · 여성학 · 신과학 등에서 도교의 잠재 가치에 주목하기 시작하면서 국내 학계의 도교에 대한 인식은 점차 향상되고 있다. 여기에서 다시 『노자』로 돌아가 한 가지 말해 두어야 할 사실이 있다. 중국의 대표적 사조로서 유교와 도교를 거론할 때 우리는 "『노자』를 읽지 않으면 중국 정신의 반을 이해하지 못한다." 라고 말할 수 있다. 그러나 이제 『노자』가 포괄하는 시간과 공간의 영역은 달라졌다. 아마 우리는 앞으로 "『노자』를 읽지 않으면 세계 정신의 반을 이해하지 못한다."라고 말하게 될지도 모른다.

두 종의 애독서에 대한 관심이 우연찮게 어떻게 현재의 학문적 지향으로 나아갔는가를 술회하면서 거칠게 사유의 궤적을 그려 놓고 보니 그것은 이단화, 잡종화의 경향이자 주류 학문의 빈틈과 흔적을 찾아 공략하는 노정이었다. 빈틈과 흔적, 그것은 마치 「태극도(太極圖)」에서 음과 양이 태동하는 지점처럼 점점 커져 종내 다가올 세기의 새로운 소임을 다해야 할 터이다. 그러나 필자는 텍스트에 대한 혹애(酷愛)로부터 문제의식이 자발적으로 생겨난 것으로 믿고 있지만 혹시라도 그것이 암암리에 주어진 문제의식의 재생산은 아닌지 자문(自問)하고 경계하지 않을 수 없다. 왜냐하면 서로가 대안이 될 수 있을 때 까지는 진정한 호혜주의, 상대주의의 경지에 도달했다고 말할 수 없는 것인데 남의 문제의식을 재생산하는 것만으로는 그러한 대안을 창출할 수 없기 때문이다. 따라서 이 글은 아직 도상에서 전전긍긍하는 불완전한 글일 뿐 결코 "공이 이룩되자 몸은 물러나는 (功遂身退)" 겸허한 모습을 보여 주는 멋진 글일 수 없다. 그런 훌륭한 글의 경지를 나는 알고 있다. 도연명(陶淵明)이 국화꽃을 따 들고 물끄러미 남녘 산을 바라보았던 심경과도 같은, 그 우현(又玄)한 자득의 경지를. 정말 그렇게 멋진 글을 언제쯤 쓸 수 있을 것인가? 그러기에 맨 처음에 말했듯이 우리는 이 글이야말로 재미도 없는 데다가 속히 썩어 없어질 글임을 이제 분명히 확인한 셈이다.

(『이 땅에 사는 나는 누구인가』 2000년)

한국에서 동양학을 한다는 것의 의미
──중국소설학회 인터뷰

한국중국소설학회 편집부(이하 '편집부'): 바쁘신 와중에도 인터뷰에 응해주셔서 감사합니다. 좋은 말씀 들려주시기 기대합니다.

정재서: 사실은 이 인터뷰에 응하지 않으려고 했습니다. 이제 겨우 50대 초반인데 벌써 이런 일을 한다는 것 자체가 좀 겸연쩍기도 하고, 또 이런 일은 정년퇴직 무렵이나 퇴임 이후에 자기 학문을 마무리하기 위해 하는 것이라 생각해서지요. 아직은 그동안 해 온 주제를 좀 더 깊고 넓게 연구해야 할 때지 회고담을 운운할 때는 아니라는 생각이 들었습니다. 한국의 학자들은 외국과는 달리 40대 후반, 50대 초반만 되어도 학회 활동을 접는 경우가 많아, 함께 학문을 토론하고 이야기할 연구자들이 적어지는 것 같습니다. 그래서 이 인터뷰는 회고보다는 진행 중인 공부에 대해서 함께 이야기하고 공유하는 입장에서, 제 학문의 길을 중간 점검하는 정도로 생각하고 응하게 되었습니다.

편집부: 선생님께서는 좀 특이한 학문 경력이 있으신 걸로 알고 있는데 먼저 어떤 계기로 중문학에 입문하게 되셨는지 말씀해 주시기 바랍니다.

정재서: 원래 저는 서울대 자연대에서 생물학을 공부했는데, 생물학이 요즘 가장 각광받는 학문이 되어 그 길로 계속 갔더라면 지금쯤 뭐 대단한 사람이 되었을지도 모르겠네요.(웃음) 학부 때 생태학으로 졸업 논문(「왕조실록을 통해 본 조선의 산림 정책」)을 썼어요. 사실 그 방면으로 열심히 공부해서 생태학자나 식물학자가 되었으면 어땠을까 하는 미련도 있습니다.

저는 대학을 다니면서 전공인 생물학과 함께 중국 문학을 복수 전공했습니다. 할아버님께서 원래 한학자이시라 가학으로 배워 한문에 대한 기본적인 소양은 갖추고 있었는데, 대학에서 중국 문학을 공부하면서 점점 빠져들게 된 거죠. 그때는 사실 중국 문학이 지금과 비교할 수 없을 정도로 너무 취약했어요. 전국에 중문과도 몇 개 되지 않았고 모든 면에서 전망이 없었다고 할 수 있지요. 자기만족으로 공부를 해야 하는 그런 상황이었던 것이죠. 그래서 제가 4학년 2학기 때 전공을 중국 문학으로 결정한 후 대학원 시험을 보기 전에 학과장 선생님께 공부를 계속하면 어떨지 상담을 했더니 최근에 어떤 사람이 대만에서 학위를 받고 왔는데 자리가 없어 공부나 하겠다고 도로 갔다는 상황을 말씀하시면서 중국 문학을 왜 하고 싶어 하느냐는 질문을 던지시더군요. 그래서 공부가 좋아서 한다고 했더니 그 선생님께서 "자네는 귀족이군." 하고 대꾸하시던 기억이 납니다.(웃음) 자기가 좋다고 무조건 하려는 것이 정말 귀족적인 생각이고 너무 현실을 모르는 것 같아 기가 막히셨던 것 같아요. 그렇게 무모하게 공부를 시작했습니다. 대학원에 들어가 당시로서는 앞길이 깜깜했던 중국 문학을 공부했지만, 지금 학문하는 입장에서 보면 그때야말로 아주 행복한 시기가 아니었던가 해요. 전인미답(前人未踏)의 경지를 처음 밟아 가는 느낌을 매 순간 느낄 수 있었으니 얼마나 행복했겠어요. 그때는 중국 문학의 초창기라 어떤 시도를 하든지 남이 안 한 공부였고, 모든 학문적 시도를 다 해 볼 수 있었지요. 다시 말해서 당시는 현실적으로는 불우했지만 학문적으로는 무한한 가능성이 있었던 시기였던 겁니다. 그런 면에서 공부하는 것 자체는 아주 행복할 수 있었습니다.

그런데 공부를 하면서 학부 때 느끼지 못했던 벽에 처음 부딪히게 되는데 그것은 중국 문학의 정체성에 대한 문제였어요. 한국에서 중국 문학을 한다는 것에 대한 자의식, 즉 한국에서 중국 문학을 하는 것이 어떤 의미를 지니는가에 대한 문제 제기가 그 당시에는 보편적이지 않았죠. 대만 스타일의 공부 방식을 답습하는 정도가 오히려 보편적이라 할 수 있었습니다. 가령 논문을 쓸 때에도 중국의 자료만 인용했지 국내의 한학 자료에서 인용하는 경우는 거의 없었죠. 사실 전통 한학이 중국 문학 연구에서 갖는 유용성이 적지 않았을 텐데도 완전히 무시했던 겁니다. 이러한 현상이 어릴 적부터 한학을 배워 왔던 제게는 바로 학문 정체성에 대한 회의와 연결되어 많은 고민을 안겨 주게 되었던 것이지요. 유독 우리나라에서만 전통 한학이 현대의 중국 문학 연구로 자연스럽게 연계되지 않았다는 것은 지금도 숙고해 보아야 할 사안입니다. 우리가 중국 문학을 하면서 정체성을 확보하기 위해서는 여러 가지 방안이 있지만 전통 한학과의 연계를 회복하는 것이 매우 중요한 일이라 할 수 있을 겁니다. 대체로 1980년대 이후 국내 대학원이 활성화되면서 조금씩 학문 정체성을 찾으려는 움직임들이 나타났다고 할 수 있을 것 같습니다. 제가 보기에는 아직도 형성기에 불과하기는 해도 말이죠. 제가 『동양적인 것의 슬픔』이란 책에서도 썼지만, 우리가 동양에서 살고 있음에도 동양학의 변방에 처해 있다는 슬픈 현실을 인식한다면 과연 우리가 동양학의 중심부에 대해 제3세계적인 시각을 가지고 있는가 하는 진지한 고민이 있어야 합니다. 다행인 것은 요즘의 젊은 연구자들이 이러한 정체성에 대한 문제의식을 자연스럽게 공유하고 있는 것으로 보인다는 점입니다. 물론 정체성은 갑자기 만들어지는 것이 아니고 향후 학문적인 역량이 쌓여 가면서 한국에서의 중국학이라는 일정한 스타일로 나타나게 되겠지요. 여하튼 저는 칸트가 "취미는 목적 없는 합목적성이다."라고 했던 바로 그 취미 차원에서 공부를 시작했다가, 대학원에 들어와 비로소 정체성의 문제를 심각하게 느끼게 된 것입니다. "우리가 지금 중국 문학의 영광을 위해서 공부하는가?"라는 말은 제가 그때 저 자신과 동료들에게 자주 던졌던 질문입니다. 물론 중국 문학이라는 학문 자체가 갖는 훌륭한 의미를 위해 공부하는 일도 무시할 수는 없지만, 한국에서 중국 문학을 한다면 중국 사람들이 하는 중국 문학과는 뭔가 달라야 한다고 생각했던 것이죠. 그래서 저는 대학원 생활 내내 "그것을 어떤 방식으로 극복할 것인가?"에 대해 고민하다가 결국 중국에서의 정통적인 학문들, 이를테면 경학이나 시부(詩賦)와는 거리가 먼 주변부 학문에 대해서 관심을 가지게 된 것 같아요. 정통적인 학문의 성, 수천 년 동안 쌓아져 내려온 이 성을 허물고 공략한다는 것은 아주 힘든 일이에요. 그 분야는 나름대로 중국의 전통적인 치학(治學) 방식이 온존(溫存)해 있기 때문이죠. 그것을 단순히 뒤엎기는 어렵기 때문에 저는 방법론 쪽에 관심을 가지게 되었고 또 자연스럽게 이론적인 방면으로 접근하게 되었습니다.

대학원 다닐 적에 저는 중문과 스터디를 하기보다는 주로 불문학이나 영문학 쪽의 창작이나 이론을 전공하는 친구들하고 많이 어울려 다니며 공부를 했습니다. 그러나 중문학 선배들로부터 듣는 학문 현실은 무력감 그 자체였습니다. 위대한 문명의 나라 중국, 그 압도적인 문명의 힘 앞에서는 그저 답습해서 동화되는 것만이 최선일 것 같은 분위기가 팽배해 있었죠. 노골적으로 "중국은 도저히 당할 수 없는 나라다.", "중국 문학 해 봤자 우리가 할 수 있는 것이 없다."라는 식의 자조적인 말을 주위에서 수없이 듣곤 했던 시절이었습니다. 저는 이러한 현실을 객관화해서 해체시킬 필요가 있다고 생각했어요. 그 당시까지만 해도 저는 해체라는 말을 몰랐지만 후에 하버드 옌칭 연구소에 가서 서구의 중국학을 접하고 서구인들이 중국에 대해 기득권을 인정하지 않고 보는 시선을 통해 어떤 실마리를 찾을 수 있지 않나 하는 생각이 들었습니다. 우리나라 사람들의 잠재의식 속에 사대주의가 내면화되어 있기 때문에 중국에 대해 기득권을 부여하고 있는 것이 아닌지, 반면 서구인들은 그런 중국의 기득권을 인정하지 않기에 좀 더 객관적인 시선으로 중국을 바라볼 수 있는 것은 아닌지 하고 생각한 거죠. 이런 생각은 확실히 유효했던 것 같아요. 중국과의 거리 두기를 위해 서구 중국학의 시각을 참고할 필요가 있다고 느꼈던 것입니다.

그런데 이러한 여러 모색 과정 중에서 학문적 회의가 찾아왔어요. 저는 1980년대 당시 풍미했던 서구의 문예 이론들을 대충 섭렵하고 중국 문학, 특히 소설이나 설화 쪽에 적용을 시도했는데 예상과는 다른 결과에 실망을 하고 한동안 방황을 하게 되었습니다. 원인은 풍토가 다른 중국의 텍스트에 서구 이론이 잘 들어맞지 않았고 억지로 적용을 하면서 과연 무엇이 주(主)이고 무엇이 종(從)인가 하는 고민에 휩싸이게 된 것이죠. 결국 이런 고민들 속에서 석사, 박사 과정을 보냈습니다. 그러다가 저에게 결정적인 학문적 전환기가 찾아왔는데, 즉 지금의 저의 학문의 토대를 제공한 것은 아이러니컬하게도 서구 방법론이 아니라 전통적인 공부 방식인 고전을 교감, 주석하고 번역하는 작업이었습니다. 저는 대학원을 졸업하자마자 운 좋게도 갑자기 전국적으로 중문과가 많이 생겨서 대구 계명 대학에 전임으로 나갈 수 있었어요. 그래서 젊은 나이부터 안정된 연구 생활을 할 수 있었는데, 갈홍(葛洪)의 『포박자(抱朴子)』를 가지고 석사 논문을 썼던 저는 앞서 말했듯이 정통 문학이나 경학보다는 신화 · 도교 등 상상력 분야에 관심이 많았지요.

유감스럽게도 이른바 '이념의 시대'라는 1980년대에 신화 · 도교 등에 대한 연구는 현실 도피적인 행위로 간주되어 학문으로 인정받지도 못했어요. 그러나 저는 중국의 의식 세계, 즉 초자아(超自我)를 형성하는 내용이 유교라 한다면, 무의식을 지배하는 것은 도교라고 생각했어요. 그래서 도교의 집대성이라 할 수 있는 『포박자』를 의도적으로 공부하게 된 것이죠. 석사 이후 저는 도교에서 신화 쪽으로 방향을 전환하게 되었는데요. 왜냐하면 도교 등 모든 상상력의 뿌리는 신화라는 생각에서였죠. 그 무렵 한국 학술 진흥 재단이 생기면서 처음으로 번역 과제를 공모했습니다. 저는 상상력의 뿌리인 신화로 거슬러 올라가야겠다는 일념에서 『산해경(山海經)』 번역을 신청했는데 그것이 선정되는 행운을 얻게 되었지요. 당시만 해도 사람들이 신화 같은 것에는 관심이 없었기 때문에 저로서는 누가 선정해 주었는지 뜻밖의 행운이라는 생각을 지금도 갖고 있어요.(웃음) 어쨌든 이후 3년 반에 걸쳐 『산해경』을 역주하는 과정에서 역대의 주석가들에 의해 주변부의 문화가 중원 중심으로 해석되어 왔다는 사실을 확인하게 되면서 저의 학문은 새로운 길로 접어들게 되었습니다. 롤랑 바르트의 "이 세계는 주석가들의 지배하에 있다."라는 말을 실감하게 된 거죠. 원시적인 신화 자료집인 『산해경』에 대한 수많은 주석들을 보면서 저는 곳곳에서 해석학적인 충돌을 경험했습니다. 그런데 이것은 제가 중국학의 주변부 지식인으로서 중원 학자와는 다른 제3의 시각으로 보았기 때문에 가능했던 것이죠. 저는 아무래도 『산해경』의 원문들을 주변 문화의 입장에서 볼 수밖에 없었는데 그것은 기존의 중원 학자들이 느낄 수 없는 부분이었죠. 특히 담원(詹園) 정인보(鄭寅普), 육당(六堂) 최남선(崔南善) 선생 등 우리나라 전통 한학자들의 『산해경』에 대한 주석을 많이 끌어옴으로써 중원 학자들의 해석에 대해 변별성을 확보할 수 있었습니다.

그런데 『산해경』 역주에서의 이러한 경험은 단순히 해석학상의 깨달음에 그치지 않았습니다. 그것은 다름 아닌 텍스트에서의 문제의식이 방법론에의 자각으로 계기된 것이죠. 대학원 시절 저는 중국과 다른 목소리를 내기 위해서는 방법론이 필요하다고 여겨 서구 이론을 무조건 원용해 본 결과 결국 풍토 차이로 실패하게 되었다는 이야기는 이미 했습니다. 그런데 이번에는 달랐습니다. 제가 원전 텍스트에서 느낀 문제의식을 해결하고자 하는 욕구에 의해서 방법론을 주체적으로 선택할 수 있게 되고, 또 그렇게 선별된 방법론을 텍스트 현실과 자신의 체질에 맞게 변용할 수 있게 된 것이지요. 예를 들어『산해경』을 역주하는 과정에서 주변 문화에 대한 주석가들의 중화주의적 해석을 감지했다고 하지 않았습니까. 여기에서 당연히 주변 문화를 부당한 해석으로부터 복원시키기 위한 욕구가 생겨나고 이러한 텍스트적 욕구로부터 문제 해결에 가장 핍근한 이론들, 즉 다원주의 문화론이나 탈식민주의 혹은 해체론적인 관점 등을 끌어오게 되었던 것이지요. 그리고 끌어오더라도 그대로 가져오는 것이 아니라 다시 한번 이쪽 텍스트 현실에 맞게 주체적 변용을 하게 되죠. 저는 이러한 방식을 '방법론적 순환'이라고 이름 붙이고 싶습니다. 내가 딛고 있는 텍스트 현실에서 발동된 문제의식에 의해 주체적으로 방법론을 선별, 변용해야 한다는 자각은 상당히 중요한 경험이었어요. 그 후로는 글쓰기가 많이 쉽고 자연스러워졌는데 자신의 목소리를 내려면 역시 텍스트에 대한 기본 탐구에서 출발해야 한다는 당연한 명제를 재확인한 셈이라고나 할까요. 지금도 저는 학생들에게 젊었을 때 원전 텍스트에 대한 심각한 경험을 해야 한다고 강조하곤 합니다. 만약 이 경험을 하지 못한다면 우리의 이론 학습은 겉핥기가 되고 언제나 정체성의 위기감을 떨쳐 버리지 못할 것이라고 말이지요. 그래서 저는 지금도 소설 전공 석사 과정 학생들이 그러한 경험을 갖도록 하기 위해 석사 논문에 원전 번역을 부과하고 있습니다.

『산해경』의 번역을 완료한 이후 제 연구 분야는 신화·소설 등으로 그 범위가 넓어졌어요. 신화나 상상력과 같은, 중국 문화에 대한 기본적 사유 틀을 갖게 되면서 뭐든지 할 수 있겠다는 생각이 들었지요. 고전 문학이든 현대 문학이든 어느 분야든지 아키타이프(archetype), 즉 원형론적 입장에서 이야기 못할 것이 없다는 생각도 했고요. 그런 점에서 사유 틀의 정립은 대단히 중요하다고 봐요. 이후 저는 1990년대 초 소설학계의 현안이었던 중국 소설의 발생론 및 발전론과 관련된 논의에서 앞서의 문화론적 입장을 바탕으로 의견을 개진할 수 있었죠. 당시 국내 학계는 두 종류의 소설관을 갖고 있었는데 하나는 중국의 전통적인 입장을 고수하는 것으로 유물 변증법적 인식이었고 다른 하나는 국내 학계 일각에서 제기된, 주로 근대 소설의 표준에 따라 중국 전통 소설의 '발전 가능성'을 발견하고자 하는 것이었죠. 저는 이 두 가지 모두가 중국 문화의 내재 논리에 근거하지 않은, 근대 소설을 발전의 종착점으로 삼은 진화론적 소설 사관에서 벗어나지 못한다고 판단했습니다. 각 시대와 민족의 고유한 에피스테메(episteme, 인식 구조)를 인정하지 않는 기존의 견해들은 결국 오리엔탈리즘의 소산에 불과함을 지적하였던 것입니다. 이러한 입장은 「중국 소설의 이념적 정위(定位)를 위한 시론 — 발생론을 중심으로」(《중국소설논총》 Ⅲ, 중국소설연구회편, 1994년 10월)이란 논문에서 개진되었는데 집필 당시 저로서는 이 논문을 통해 기존 우리 학계의 통념적인 중국 소설 사관을 전환시켜 보겠다는 의도가 있었습니다. 새로운 소설론과 동시에 제기했던 것은 중국 문명 다원 기원론에 뿌리를 둔 상호 텍스트적 중국 신화론이었습니다. 당시의 중국 신화학 역시 황하 문명론에 기원을 둔 단원론적 신화관이 지배적이었습니다. 노신(魯迅) · 호적(胡適) 등 초기 선각자들은 물론 당대 굴지의 신화학자 원가(袁珂)에 이르기까지 중국 문명과 중국 신화의 단원론적 자기 동일성을 굳게 믿었습니다. 중국 신화의 자기 동일성을 입증하려 쓴 원가의 『중국 신화 전설』이 정전인 양 인용되는 상황이었지만 국내의 어느 학자도 이에 대해 이의를 제기하지 않았습니다. '중국 신화'라는 말에서의 '중국'의 정체성을 해체하고 '중국'을 수많은 문화가 분립했던 대륙이라는 '무대'로 환원시키면서, '중국 신화'를 근대 이후 배타적 국민 국가로서의 '중국'의 신화가 아닌 동아시아 제 민족의 상호 텍스트화된 신화 체계로 파악해야 한다고 주장했던 것이죠. 이러한 입장은 「중국 그 영원한 제국을 위한 변주」(《상상》, 1994년 겨울호)에서 처음 천명된 이래 『산해경』과 고구려 고분 벽화 등에 대한 실증적인 분석을 통해 논증되었습니다. 지금은 국내 신화학계에서 이러한 자생적인 입장이 거의 공유되고 있지만 10여 년 전만 해도 실정은 그렇지 않았습니다. 결국 저는 『산해경』 역주를 통해 마련된 입장을 바탕으로 중국 소설론과 중국 신화론에 대해 나름의 주장을 개진할 수 있었는데 이후 저의 중국 문학에서의 행로는 대체로 이 두 가지 입론으로부터 비롯된다고 볼 수 있을 것입니다.

편집부: 그렇지만 당시 우리나라의 중문학 상황에서 『산해경』 등의 신화와 관련된 분야를 연구하기가 매우 어려웠을 텐데요. 특히 1980년대까지만 해도 우리나라의 중문학 연구 인력 구성이나 연구 지원, 그리고 연구 자료의 접근에 있어서 환경이 너무도 열악한 것으로 알고 있는데, 선생님께서는 어떻게 그런 환경을 극복하셨나요?

정재서: 물론 어려웠죠. 제가 1981년에 『산해경』 번역을 시작해서 1985년도에 출간하였는데 기본적인 자료는 대만에서 구했고, 기타 대륙 자료들은 홍콩을 통해서 구했어요. 석사, 박사 논문을 쓸 때도 마찬가지였는데 지금처럼 자료를 구하기가 쉽지 않았던 까닭이지요. 그때는 영어나 중국어로 일일이 홍콩의 중문(中文)대학이나 홍콩대학의 도서관에 편지를 써서 대륙의 논문 자료를 구했습니다. 그리고 일본 자료도 많이 봤는데, 일본에서 발간된 동양학 관련 목록을 보고 일본 국회도서관의 후지 제록스라는 대행업체를 통해 자료를 구할 수 있었죠. 대개 서너 달이 지나면 논문이 오는데 그 논문 값이 결코 싸지는 않았지만 어쩔 수가 없었죠. 그러던 중 박사학위를 취득하고 1988년 하버드 옌칭 연구소에 공부하러 갔을 때, 그곳에서 전 세계의 모든 중국학 자료를 다 볼 수 있는 행운을 얻었지요. 지금 우

리가 중국에 가서도 찾기 힘든 19세기 말 20세기 초에 나온 자료들이 옌칭 도서관에는 모두 소장되어 있더군요. 예를 들어 고사변파(古史辨派)나 중산대학(中山大學) 민속학파의 초기 논문 자료들까지 말이지요. 우리나라에서라면 희귀 자료가 될 것들이 그곳에서는 아무렇지 않게 복사해 올 수 있었죠. 그때 그 수많은 자료들, 특히 오래전에 절판된 단행본까지도 밤낮으로 복사하며 기쁨을 만끽했죠.

자료 문제에 있어서는 지금 젊은 학인들은 걱정이 없다고 봐요. 수시로 따끈따끈한 자료를 입수할 수 있으니까요. 그런데 저는 20여 년 전부터 우리 학생들에게 영문으로 된 중국학 자료를 읽어야 할 필요성을 강조해 왔습니다. 그 사람들의 시각을 차용할 할 필요가 있기 때문이지요. 앞서 말했듯이 그것은 아직도 우리가 온전하게 학문 정체성을 확보하지 못했기 때문에, 중국과의 거리 두기가 필요해서입니다. 물론 이들 서구 자료 중에는 가끔 중국 문화의 맥락을 무시한 엉뚱한 주장을 하는 것도 있지만, 그럼에도 우리 입장에서는 그들의 객관적인 시선이 여전히 절실하다고 할 수 있지요. 그래서 학부나 대학원 수업에서는 지금도 영문 중국학 자료를 꼭 읽히고 있습니다.

편집부: 그런 자료들은 학생들의 수업용으로도 좋지만 자료적인 가치를 발휘하기 위해서는 많은 사람들이 가지고 있는 자료들을 한 공간에 모아서 다함께 활용할 수 있도록 하는 것이 가장 좋을 것 같습니다.

정재서: 소설학회 현 회장인 조관희 교수가 이전에 그런 제안을 한 적이 있어요. 현실적으로 약간의 문제가 있어 실현되지 않았지만 가능하다면 그것이 좋겠죠.

편집부: 1998년 즈음에 국내 연구자들 가운데 몇 분을 선별하여 그분들의 논문을 읽은 적이 있는데 그때 선생님의 논문을 읽은 기억이 납니다. 그런데 1985년을 전후로 선생님의 글쓰기가 변화하고 있다는 것을 느

낄 수 있었습니다. 그리고 선생님의 주장이 학계에 커다란 화두가 된 것은 『동양적인 것의 슬픔』이란 책이 출간되면서 더욱 그랬던 것 같습니다. 사실 출간된 이후 이 책은 현대, 고전 연구자들을 막론하고 거의 필독서처럼 읽혔고 많은 선생님들께서 학부 수업에 이 책을 보고서 과제로 내기도 했습니다. 또 그 이후 선생님의 논문들을 살펴보면 방법론이 매우 다양해지는 것을 느낄 수 있었습니다. 사실 저도 원전을 번역하면서 많은 논문 테마들을 구상했지만 시기를 놓쳤을 뿐만 아니라 무엇보다도 방법론의 부재에 부딪치고 말았어요. 이제 선생님의 술회를 들으면서 어떻게 공부를 해나가면 되겠다는 확신이 서게 되었습니다. 초창기 이화여대에서 나온 번역 위주의 석사 논문들을 둘러싸고 학계에서 말도 많았는데 오늘 선생님의 말씀을 듣고 왜 그렇게 지도하셨는지 이해가 됩니다. 그리고 최근의 논문들을 보면(예를 들어 「사라진 신들과의 교신을 위하여-『산해경』·도연명·황지우」, 「금지된 욕망과 물의 서사-홍수 신화, 「소나기」, 「비(rain)」」, 「주목왕(周穆王)이 서쪽으로 간 까닭은?」, 「식인·광기·근대 ──「광인일기」와 『황제를 위하여』에 대한 신화적 독법」, 「투계의 성별 정치학 및 그 문학적 수용」) 중국과 한국뿐만 아니라 경우에 따라서는 일본 대중문화까지 비교의 범위가 확장되어 가고 있음을 느낄 수가 있습니다. 이러한 시도들은 중국에서 나아가 그야말로 동아시아 상상력의 세계를 재구하려는 차원에서 이루어진 것인가요? 그렇다면 이전의 연구와는 어떤 연계성을 띠고 있습니까?

정재서: 『동양적인 것의 슬픔』은 1996년에 나왔습니다. 『산해경』 번역 이후 11년 만에 나온 책이지요. 그동안 제 나름대로의 여러 생각이 정리되고 체계화, 내면화되어 그것이 『동양적인 것의 슬픔』이라는 하나의 책자로 집약되었다고 보면 됩니다. 그 책에 실린 글들은 제가 1994년부터 《상상》이라는 계간지 활동을 하면서 연재한 것들인데, 《상상》의 활동을 하지 않았더라면 그 글들이 안 나왔을 수도 있어요. 저는 글쓰기에는 계기도 중요하

다고 봐요. 글을 추동해 주는 계기 말이죠. 그때 《상상》은 대중문화, 상상력, 동아시아 등 여러 콘셉트들을 표방했는데, 그중에서도 특히 동아시아와 상상력 방면은 제가 주도했죠. 후에 그러한 주제들을 동아시아 담론으로 연계시켜 논쟁을 진행하기도 했는데, 어쨌든 그러한 과정에서 동아시아 상상력을 바탕으로 한 연재 글을 쓰게 되었던 것이죠. 1994년 처음 계간지에 일반 독자들을 대상으로 글을 쓰게 되었는데, 저로서는 중국 문학의 테두리를 벗어난 최초의 일반화된 글로서 선을 보인 것이 바로 나중의 책 제목이기도 한 「동양적인 것의 슬픔」이죠. 그래서 사실 제가 굉장히 애착을 갖는 논문이기도 해요. 그 글은 중국학에 가해진 오리엔탈리즘을 비판한 것인데, 당시 저는 「동양적인 것의 슬픔」을 비롯한 전반부 몇 편의 논문에서 서구 오리엔탈리즘을 비판하고, 후반부에서는 중국 중심주의 비판으로 연재를 이끌어 나갔지요. 평론집이 출판되었을 때 대부분의 사람들은 오리엔탈리즘 비판 쪽에 많은 관심을 가졌지만, 고구려 문제나 중화주의에 대해서는 별로 문제의식을 안 느꼈다고 여겨져요. 한 10년 지난 요즘에 와서야 이른바 '동북공정'으로 인해 그런 문제들이 초미의 관심사가 된 것을 보면서 정말 격세지감을 느낍니다. 그때 학계에서는 중국을 특권화하려는 인식이 여전했고 따라서 중국을 비판하는 것에 대해 마뜩치 않아 하는 분들이 많았어요. 기분 나쁘다고 제 책을 내동댕이쳤던 분도 있었다고 해요.(웃음) 저는 당시 우리의 정체성과 관련해서 제3의 시각을 가지려면 오리엔탈리즘에 대한 비판과 아울러 동아시아 내부에서의 편견, 곧 중화주의에 대한 점검이 꼭 필요하다고 생각했어요. 우리와 물아일체(物我一體)가 된 중국에 대해 거리 두기가 반드시 필요하다고 느꼈던 거죠. 특히 고구려 문제는 이미 직감적으로 느끼고 있었어요. 신화 공부를 하면서 고구려 고분 벽화의 신화 도상을 다룬 그들의 논문에 담긴 중화주의를 읽었던 것이죠. 「산해경 다시 읽기의 전략」(《상상》, 1995년 봄호), 「고구려 고분벽화의 신화, 도교적 제재에 대한 새로운 인식」(《백산학보》, 1995년 12월호,《상상》, 1996년 가을호) 등의 논문에서 중국의 중심주의적 신화관을 비판하고 『산해경』에서 기원한 동이계 신화와 도교의 관점에서 고구려 문화의 정체성을 입증하고자 하였죠. 이 중 「산해경 다시 읽기의 전략」은 이듬해 봄 대만의 한학연구중심(漢學研究中心)에서 발표를 했는데 분위기가 살벌했죠. 대만·중국의 학자들 대부분이 노골적으로 기분 나빠 했지만 중국사회과학원(中國社會科學院)의 엽서헌(葉舒憲) 교수는 적극적으로 동감을 표시했고 그분과는 그것이 인연이 되어 이후 원로 신화학자 소병(蕭兵) 교수와 함께 3인이 공동으로 『산해경 문화 찾기(山海經的文化尋踪)』(湖北人民, 2004)라는 책을 쓰기도 했습니다.

그 무렵 한편으로 저는 우리의 중국학이 현실적으로 왜 힘을 발휘하지 못하는가에 대해 상당히 고민했어요. 특히 이 사안에 대해 현·당대 문학을 전공하는 분들은 더욱 심각하게 고민해야 할 겁니다. 중국학의 힘은 왜 표출되지 않는가? 불문학이나 영문학은 그 여력만으로도 한국 문학에 대해 크게 개입하고 있는 반면 중국 문학은 역사적으로 한국의 현실과 가장 가까운 곳에 처해 있으면서도 왜 발언을 하지 못하는가? 이 점에 관한 한 고전학도 마찬가지라고 생각해요. 이런 문제의식을 김수영의 「풀」을 예로 들어 제기했는데 당시 현대 문학의 평단 쪽에서는 상당한 충격을 받은 것으로 알고 있어요. 「풀」의 시구가 『논어(論語)』의 「안연(顏淵)」 편을 패러디 한 것이라는 사실이 이제까지 어떤 평론가에 의해서도 언급조차 되지 않았다는 사실은 정말 놀랄 만하지 않습니까? 스스로의 문화적 토양을 무시한 우리의 평론 기풍에 대해 일침을 가했던 것이죠. 최근 저는 이러한 지적이 선언적인 것에 그치지 않도록 실제로 동아시아 상상력의 힘을 웅변하는 작업을 비평의 형식으로 수행하고 있습니다. 앞서 예거한 바 있는 「사라진 신들과의 교신을 위하여-『산해경』, 도연명, 황지우」, 「투계의 성별 정치학 및 그 문학적 수용」 등의 글들이 그러한 작업의 일환이라 할 것입니다. 이 글들은 《문학동네》라는 잡지에서 '동아시아 이미지의 계보학'이라는 타이틀 하에 2년간에 걸쳐 연재되었습니다. 동아시아 상상력, 즉 우리의 문화 논리를 툴(tool)로 해서 우리 문학에 대해서 비평을 한 것이죠. 정신분석학에서 흔히 말하는 오이디푸스 콤플렉스는 지중해 연안 민족들의 특정한 신화에서 나타난 모티프를 프로이트가 일반화한 것이라 할 수 있죠. 그것은 신화적 토양이 다른 우리에게는 잠재화되어 있지 않거나 나타나지 않을 수도 있는데 왜 그것이 우리의 문예 비평에서 무차별적으로 애용되어야 하는가 하는 문제의식에서 저의 비평은 시작됩니다. 우리의 신화에서도 얼마든지 일반화할 수 있는 콤플렉스가 있습니다. 가령 『산해경』에 출현하는 신화적 존재인 과보(夸父)와 정위(精衛) 같은 콤플렉스 유형, 장기간의 봉건 체제에서 비롯한 회재불우(懷才不遇) 콤플렉스 같은 것들을 텍스트에서 끌어내고 일반화할 수 있는데, 도연명과 황지우의 시에서(「사라진 신들과의 교신을 위하여—『산해경』·도연명·황지우」, 《문학동네》, 통권 26호, 2001년 봄호) 그런 것들을 확인할 수도 있을 것입니다. 그런데 이러한 작업은 대개 비교 문화적인 차원에서 이루어지는 것이 좋습니다. 너무 토착성만 강조하는 것은 오히려 객관성이 약하거든요. 변별력은 비교에서 생겨납니다. 그래서 이후 저의 작업은 비교학적 입장에서 동아시아 상상력의 힘을 느끼게 할 수 있는 방식으로 진행되어 왔습니다.

편집부: 조만간 비평집을 출간하신다고 들었는데 그동안 작업의 결과물이라고 볼 수 있겠네요.

정재서: 그렇습니다. 문학동네에서 나오게 될 『사라진 신들과의 교신을 위하여 —동아시아 이미지의 계보학』이라는 책인데 예증적인 차원에서 실제 문학 작품이나 대중문화를 비평한 글들을 모은 것입니다. 여기에서는 중국 문학의 입장에서 기존의 평론 경향에 대해 비판적인 자세를 견지하

고 있어요. 사실 우리 문단의 비평 문법은 서구 문학론을 바탕으로 하고 있습니다. 이에 대해 자생적인 나름의 문화 논리 속에서 비평을 해 보고 싶었어요. 가령 이문열의 『황제를 위하여』 같은 작품을 중국의 전통 소설 문법의 입장에서 다시 한번 살펴보았습니다. 기존의 문학 평론에서 이문열의 작품에 대해 많은 단점을 지적하고 있는데, 재미있게도 그 단점의 내용들이 중국 소설의 특징들과 너무 일치하는 거예요. 작자의 지나친 개입, 비사건적 진술 등. 이를 통해 우리가 얼마나 타자의 시선으로 자기 것에 대해 폄하해 왔는가를 알 수 있죠. 『사라진 신들과의 교신을 위하여 ― 동아시아 이미지의 계보학』에서는 서구 소설론에 의해 일방적으로 무시되어 왔던 중국의 전통 소설론을 복권하는 시도도 하게 됩니다.

편집부: 현·당대 문학을 연구하는 사람들 가운데는 정체성 때문에 공부를 시작한 사람도 있고, 그것이 또 공부하는 원동력이 되기도 하는데요. 1990년대 초반까지만 해도 동서 냉전이라는 구도가 있었습니다. 그 구도 속에 각각의 연구자들이 정체성을 찾을 수 있는 이데올로기가 존재했기 때문에 그들이 그 속에서 존재할 수 있었다고 생각합니다. 1990년대 초반에 냉전 구도가 해체되면서 "왜 내가 이런 이데올로기를 가지고 여전히 학문을 수행해야 하는가?" 하는 문제의식에서 현대 문학 연구자들은 상당히 많은 정신적인 혼란을 겪었어요. 그런데 그 당시 선생님께서 제기하신 「풀」의 사례를 보면서 중국 현대 문학계는 엄청난 충격을 받았습니다. 그 이후 연구자들은 바로 이러한 방법이 앞으로 우리의 나아갈 길이 아닌가 해서 동아시아 담론에 열광했습니다.

정재서: 그때 정말 동아시아 담론의 열기가 대단했죠.

편집부: 그런 이야기에 참여하지 못하면 너도 공부하는 사람이냐 하는 비난을 받을 정도였으니까요.(웃음) 2~3년 동안 그렇게 열띠게 토론했지만 구체적으로 된 이야기는 아무것도 없었던 것으로 기억합니다. 젊은 학자들

은 그런 것 때문에 많이 괴로워했습니다. 거기에서 오는 공허함, 계속 열심히 했지만 나오지 않는 결론에 대한 허무함 그리고 어디로 가야할지 모르는 방향성 상실 때문에 많이 좌절했던 것 같습니다. 지금 생각하면 그 당시 학계를 지탱할 수 있는 이슈가 필요했고, 동아시아 담론이 그에 부응했던 것이 아닌가 하는 느낌이 드는군요.

정재서: 그런 허무한 현상은 문학사에서 교훈을 찾아볼 수 있습니다. 위진남북조(魏晋南北朝) 시대 때 소위 청담(淸談)의 기풍이 있었죠. 미학적 의경(意境)과 중요한 철학적 논제들도 많이 계발했지만, 청담의 말류가 가져온 것이 공리공담(空理空談)이었죠. 사실은 동아시아 담론이 그 경로를 밟았다는 생각이 드네요. 동아시아 담론은 담론 자체에 머무는 것이 아니라 거기서 텍스트의 차원으로 돌아갔어야 하는데 그러지를 못했거든요. 저는 「풀」의 예화에서 우리는 문화 속으로 돌아가야 하며, 결국은 문화를 통해 이야기할 적에 비평이 힘을 지닐 수 있다는 사실을 말하고 싶었던 것입니다. 그러기 위해서는 담론에서 시종하지 않고 텍스트로 돌아가야 하는데, 그 텍스트는 현·당대의 텍스트일 수도 있고 그보다 더 오래된 전통적 텍스트도 될 수 있다고 봐요. 그런데 당시의 동아시아 담론은 결과적으로는 담론을 위한 담론의 형태가 되었지요. 모두들 지나치게 어젠다를 선점하려는 경향이 강했던 것 같았어요. 그래서 열띤 담론은 결국 공리공담에 빠지고 말았습니다.

편집부: 그당시 동아시아 담론에 우리 중문학계가 지나치게 시간을 허비한 감이 있다는 말씀인가요?

정재서: 그렇다고 할 수도 있겠죠. 정체성이 담론을 통해 지나치게 의도화되면 상상된 정체성이 되겠죠. 그것이 바로 허구이니 시간 낭비가 아니겠어요? 아울러 정체성에 대한 강박관념은 국수주의나 문화 민족주의 같은 것으로 이끌릴 수가 있는데, 그런 것들 역시 우리가 정상적으로 가야할

길을 우회하게 만드는 요인들이죠. 잠시 다른 이야기를 하자면 제가 몇 년 전 「식인·광기·근대─『광인일기』와 『황제를 위하여』에 대한 신화적 독법」이라는 글을 쓴 적이 있는데 그 논문에서 『산해경』 신화의 식인(食人) 동물 모티프를 통해, 노신(魯迅)의 『광인일기』의 식인성을 추리한 바 있습니다. 중국에서 식인이라는 모티프가 어떻게 변해 오고, 그것이 후대에 어떻게 유교 이데올로기와 만나는지 밝히고 있지요. 그리고 장자를 보면 '진인(眞人)'이야기가 있는데, 이것은 식인 이미지와는 정반대의 이미지예요. 진인이 원래는 득도자이지만 나중에 민중 도교로 오게 되면 개혁자이자 선각자의 성격을 띠게 되거든요. 노신은 이것을 차용하여 다시 '참된 인간[眞的人]'에 대해 말하고 있죠. 노신은 전통을 강하게 비판하였지만 전통의 이미지로부터 이탈할 수는 없었던 것 같아요. 말하자면 그렇게 동아시아 담론에 매진했어도 「광인일기」와 같은 기본서에 대한 논의에서 이러한 심층적인 의미에 대해 별반 이야기가 없었던 것이 아쉬운 부분입니다. 신화라든가 상상력과 같은 문화적인 맥락을 갖고 텍스트를 좀 두껍게 읽어야 하는데 그러한 노력이 부족하지 않았나 싶습니다.

편집부: 선생님의 책 『이야기 동양신화』에 나오는 인어 아저씨 저인(氐人)을 언젠가 수업 시간에 소개한 적이 있는데, 학생들이 수염 달린 인어 아저씨는 상상도 못할 일이라며 박장대소했던 것이 기억납니다.

정재서: 중국 신화를 대중화한 책이죠. 목전의 상상력의 세계 지형을 '맥도널드 제국'과 같다고 표현할 수 있을 것입니다. 상상력이 자유롭다는 생각은 정말 순진하고 낭만적입니다. 우리들은 머리를 굴리면 상상력이 나온다고 생각하는데, 그게 아니죠. 상상력도 일정한 교육과 문화적인 배경에 의해 제약을 받습니다. 한계가 있어요. 그리스 로마 신화 만화가 거의 1000만 부가 팔려 나가 아동들이 모두 그것에 세뇌되고 다시 『해리포터』 시리즈의 세례를 받았죠. 즉 서양의 신화에서부터 중세적인 상상력인 『해

리포터』, 나아가 『반지의 제왕』까지, 그야말로 맥도널드가 전 세계인의 입
맛을 하나로 통일하듯이 상상력이 획일화되고 있는 것 같아 안 되겠다는
생각이 들었어요. 그래서 이런 현상들을 막아야겠다는 의도 아래 『이야기
동양 신화』를 쓰게 되었죠. 사실 그 책을 쓰게 된 동기는 2002년 제가 안식
년을 맞아 일본에 가기 전 《한국일보》로부터 연재 제의를 받았던 데에 있
습니다. 매주 1회 전면으로 싣겠다는 조건 아래 글을 쓰기 시작한 것이죠.
그때까지만 해도 사람들이 서양 신화만 알다가 동양 신화가 새로 소개되
니까 반응이 아주 좋았어요. 원가의 『중국 신화 전설』이 번역되긴 했지만,
아까 제가 비판한 대로 완전히 중화주의 시각으로 쓰인 신화 책이죠. 원가
라는 작가(?)가 신화를 중국 중심으로 자르고 마름질해서 재구성한 것이
라고 보면 돼요. 중국을 하나의 통일체로 보고 다양한 신화를 완전히 중국
중심으로 편집한 것입니다. 제가 보기에 이것은 큰 문제였습니다. 신화 시
대에 중국의 정체성이 어디 있습니까? 결국 중국 신화라는 것이 사실상 동
양 신화이기 때문에 책 제목을 '이야기 동양 신화'라고 붙인 거죠. 근대 국
민 국가 이후의 배타적인 국가 개념으로 보는 중국 신화가 아니거든요. 그
런데 우리는 항상 거기에 걸려 넘어지게 돼요. 중국의 문화, 중국의 신화를
말하게 되면 항상 근대 국민 국가 이후의 개념에 의해 부지중 중국을 단일
한 나라로 상정하고 대륙에서 일어난 것이면 모두 중국 것처럼 생각하는
데 그게 아니죠. 신화나 고대 문학 연구에서는 이 시대착오적인 현상에 주
의해야 합니다. 『이야기 동양 신화』는 제가 평소 지니고 있던 중국 신화관
에 입각해서 쓰였는데, 마침 고구려 문제가 터지면서 대중적으로 많은 주
목을 받게 되었습니다. 중국 신화와 고구려 신화 관계를 많이 다루고 있기
때문이기도 하지만요. 이 책을 쓰게 된 목적은 두 가지라 할 수 있는데, 하
나는 상상력의 제국주의를 막아 보겠다는 의도에서이고, 다른 하나는 중국
신화를 중국뿐만 아니라 동양 문화의 원천으로 소개해야 하겠다는 의도에

서였습니다. 아무튼 신문 연재와 책 출간을 통해 대중들의 중국 신화에 대한 관심을 흥기시키고 이에 따라 관련 신화 책이라든가 만화책 같은 것들도 잇달아 생겨난 것은 저로서 큰 보람이었습니다.

편집부: 박사 논문을 쓰면서 제일 고민되었던 것은 동양과 서양에서 오는 문화적 차이로 인한 여러 가지 문제들이었습니다. 그중에서도 동양에서 말하는 신화의 크기와 서양에서 말하는 신화의 크기가 같은가의 문제, 다시 이야기하자면 동양에서는 신화의 크기가 상대적으로 너무 작았는데 혹시 근대 이후 중국이나 한국에서의 신화에 대한 연구가 원래 사회적 몫이 작았던 것을 서구만큼 의도적으로 키우려는 노력이 강하지 않았던 것 아닌가 하는 생각이 듭니다. 그렇다고 보면 서구에서 그렇게 크게 차지했던 신화의 몫을 동양에서는 다른 것들이 차지하고 있었다고 생각할 수도 있을 것 같습니다. 제 견해로는 중국의 신화는 전통적인 신화 개념과 연결되긴 하지만 이미 역사화된 신화가 아닌가 합니다. 즉 큰 범위에서 볼 때 서구는 신화 속에 역사가 있었다면 동양은 역사 속에 신화가 있지 않았나 하는 생각인데요. 이런 관점에서 보자면 동서양의 신화 모습은 같을 수도 있지만, 기존 신화적 관점에서만 놓고 보자면 서구의 그것이 너무 크지 않나 싶습니다.

정재서: 그것은 두 가지 측면에서 이야기할 수 있을 것입니다. 하나는 신화의 경계를 어디까지 보느냐의 문제인데, 그것에 따라서 역사까지 포함하면 중국도 신화를 무한히 확대할 수 있습니다. 중국의 경우 신화와 역사의 구분이 잘 안 되어 있기 때문에 역사까지 포함하면 중국의 신화가 더 클 수도 있지만, 반면에 서구처럼 신화와 역사를 엄밀히 구분하면 중국은 신화가 거의 없다고 말할 수 있죠. 중요한 것은 그 문화적, 지역적 토대를 존중해야 한다는 점입니다. 가령 서구 신화의 기준, 즉 신과 인간관계 등의 관점에서 동양 신화에 대해 따지면 신화라고 할 것들이 없어요. 동양 신

화는 동양 신화대로의 풍토성을 존중해서 신과 인간이 혼재되는 경우까지 포함해서 이야기하면 역사 전설까지 들어가게 되고, 그렇게 된다면 중국 신화가 결코 적다고 말할 수는 없죠. 다른 또 하나는 신화의 존재와는 상관없이 신화 자체를 얼마나 중요하게 여겼는가, 혹은 신화적 관점을 지니고 있었는가의 문제가 있습니다. 중국과 비교해 볼 때 서구에서는 근대 역사에서조차 헤겔이나 마르크스의 경우처럼 지적 전통에서 신화를 결코 무시하지 않았단 말이죠. 물론 중세 기독교 시대에는 신화를 이단시하긴 했지만 그래도 신화 자체가 가지는 기능이나 역할을 학자들이 꾸준히 제기하고 간과하지 않았던 것이죠. 반면에 똑같이 신화가 문화적 기능을 수행하고 있었음에도 동양권에서는 그것을 괴력난신(怪力亂神)이라고 일찌감치 정통 문학으로부터 내쳤기 때문에 신화가 우리에게 중시되지 않은 것처럼 보였던 거죠. 그래서 요즘에 와서 신화 연구를 통해 그 가치를 다시 부각시키려고 하는 것이지, 신화가 차지하는 비중 자체가 중국 문화에서 없었다는 이야기는 아닙니다. 신화가 미치는 작용 자체는 현상적으로 서구와 마찬가지였지만, 그것을 인정하는 데 있어서는 서구보다 폄하했다는 차이가 있을 뿐이죠. 사실 저는 그것이 불만이에요. 우리 소설학회에서 만든 소설사 책에서도 빠져 있는 등 사실 중국 소설사에서는 신화를 그다지 중시하지 않는 경향이 있지요. 이는 서구에서는 신화에서 서사시를 거쳐 소설로 변천해 갔는데 중국은 서사시가 없으니 굳이 신화를 전제할 필요가 없고 우언(寓言)이나 사전(史傳)이 신화의 지위를 대신하면 되며, 따라서 신화란 소설의 적계(嫡系) 혈통 관계가 되지 못한다고 여겼기 때문이죠. 전 중국 문학에서 최초의 서사로서의 지위를 신화가 엄연히 차지하고 있는 이상 그렇게 간단히 처리할 수 있는 문제는 아니라고 봅니다.

편집부: 지금까지의 이야기와는 조금 다른 질문을 하나 드리겠습니다. 《상상》 동인들이신 김탁환 선생이나 이인화 선생은 주로 고전 시대의 소

재, 특히 중국적 소재를 가지고 새롭게 각색하는 유의 소설들을 많이 쓰고 있는데, 혹시 선생님과 교감이 있었던 것은 아닌지요?

정재서: 김탁환 선생의 경우는 그런 사실을 공개적으로 많이 밝혔는데 아무래도 함께 동인으로 활동하다 보니 서로 영향을 받겠죠. 저희 동인들 사이에서는 동아시아 상상력이 공리공담에 그치지 않고 실제 창작으로 구현되어야 한다는 생각이 강했어요. 그런데도 전통성이라든가 대중성이라든가 하는 것은 여전히 현재 문단을 주도하고 있는 제도 비평의 문법에 의해 비주류로 취급되고 있는 실정입니다. 동아시아 상상력이 제 위상을 인정받기까지는 아직 상당한 시간이 필요하다고 생각해요.

편집부: 그렇지만 일부 젊은 학자들에게는 중국 문학을 다른 방향에서 모색할 수 있는 길이 열리게 되는 것 같아 내심 무척이나 반가운 현상이 아니었나 싶습니다.

정재서: 중국 문학에서도 동아시아 상상력에 바탕한 훌륭한 창작이 나오면 좋겠습니다. 좀 다른 얘기지만 제가 몇 년 전에 시도한 작업이 중국 신화를 문화 산업 분야에서 활용하는 일이었어요. 그때 문화 콘텐츠 진흥원으로부터 과제를 맡아서『산해경』에서 한국 신화의 원형을 추출하고 디지털라이징하는 작업을 했는데, 그 결과물로 대원 ENC에서 게임과 애니메이션을 만들기로 한 것으로 알고 있어요. 이러한 것이 일례가 되겠지만, 어쨌든 동아시아 상상력을 활용할 수 있는 길은 널리 열려 있다고 볼 수 있겠죠.

편집부: 다른 아시아 국가에 비해 상대적으로 일본에서의 신화 연구는 매우 튼튼한 기초를 가지고 있는 것으로 알려졌는데요. 선생님은 이러한 기초가 현재 일본의 문화 산업과 어떤 연관이 있다고 생각하십니까?

정재서: 2002년부터 2003년까지 1년간 교토 국제 일본문화 연구센터에 연구 교수로 가 있었는데 그때 느낀 것이 일본은 신화의 나라이자 이미지의 제국이라는 것입니다. 지금도 신사(神社)에 엄청나게 많은 신을 모셔

놓고 있지만 죽은 사람도 무언가 특별한 점이 있으면 금방 신이 된다고 말할 지경이니까요. 신화학에서 일반적으로 중국의 신과 인간은 경계가 불분명하다고 말하는데, 일본에서는 그 현상이 훨씬 더 심합니다. 요괴도 중국의 경우 살아 있는 동물이 변한 것이 많은 데 비해 일본의 경우는 일상생활 용품에서 변한 요괴들이 많아요. 일본에서 요괴가 일상화되어 있다는 증거지요. 아울러 일본에는 이미지 자료가 넘쳐납니다.「백귀야행(百鬼夜行)」이라고, 요괴들이 한밤중에 행렬을 하는 요괴 행렬도가 남아 있는데, 에마키(繪卷)라는 에도 시대의 두루마리 그림에 담긴 요괴 이미지들이 요즘의「센과 치히로의 행방불명」이라든가,「포켓몬」·「디지몬」등에서 캐릭터로 활용되고 있는 거예요. 그래픽 디자이너들이 창조한 것이 아니라 문화적 토대에서 나온 것이지요. 일본의 문화 산업이 기술만으로 달성된 것이 아니고 전통에서 그 자양을 길어 왔다는 것을 실감하였습니다.

우리나라의 실정은 어떠냐 하면 바로 이 전통과 테크놀로지가 단절되어 있습니다. 제가 지난번에 수행했던 문화 산업 프로젝트에서 '치우' 이미지를 3D로 캐릭터화하는 작업이 있었습니다. 제가 먼저 '치우'에 대한 전통이미지 자료들을 그래픽 디자이너들에게 제공하고 만들어 보게 했는데 나중에 웹에 올라온 캐릭터를 보니 한심하더군요. 그들이 그려 올린 '치우'는로마 병사들이 입는 토가에다가 반팔 차림을 하고 있는 거예요. 대륙 북방에서 반팔 차림에 토가를 입은 장군이라니! 너무나 어이가 없어 도대체 로마 병사가 왜 이곳에 있느냐고 물었죠. 책임자가 설명하길, 디자이너들은이미 습작 시절부터 서양의 인체만을 그리는 데 익숙해져 있는 까닭에 병정, 장군이라고 하면 중세 기사나 로마 병정으로 머리와 손에 입력이 되어있어서 그 기본 틀을 바꾸기가 어렵다고 하더군요. 그래서 저는 상상력이라고 하는 것이 자유롭지 않다고 주장하는 겁니다. 일본의 문화 산업이 성공할 수 있었던 것은 자신들의 문화적 뿌리를 현대의 첨단 기술과 자연스럽게 접목했기 때문이죠. 요즘 우리의 문화 산업이 많이 성장했다 하지만 이런 점에서 우리는 일본에게서 여전히 한수 배워야 합니다.

편집부: 이제까지 선생님의 말씀을 들으면서 선생님의 중국 문학 연구가 여러 방면에서 정말 중요한 역할을 했구나 하는 것을 다시 한번 느낄 수 있었습니다. 소설 연구를 시작하는 후학들에게 필독서가 있다고 한다면 어떤 책을 권해 주시겠습니까?

정재서: 저는 『산해경』을 권하고 싶습니다. 저 자신이 『산해경』을 읽고 나서 학문상의 새로운 경험을 했다고 할 수 있기 때문이죠. 상상력의 기발함과 자유로움을 만끽하면서도 중심과 주변의 갈등에 대한 문제의식을 느꼈고, 그로부터 저의 학문적 입지를 개척해 나가게 되었으니까요. 『산해경』이란 책은 연구하면 할수록 저에게는 아직도 계속 해야 될 하나의 숙제로 남겨져 있습니다. 지금도 『산해경』에 대한 책을 한 권 쓰고 있는데 『산해경』이 동아시아의 고전만이 아니라 세계의 고전이 될 수 있도록 잘 쓰고 싶은 거죠. 인류의 보편적인 상상력의 고전이 될 수 있도록 해석하고 싶은 욕망이 있습니다. 후학들에게 권하고 싶은 책은 그 외에 또 있어요. 물론 이것도 개인적인 체험에서 비롯한 것입니다. 『산해경』 이전에 '세상이 다르게 보였다.'라는 느낌을 주었던 책은 『노자』였어요. 대학 1학년 때 문고판 번역본을 읽었는데 밤새 손에서 놓을 수가 없었지요. 『노자』는 제가 알던 기존의 상식을 뛰어넘는 말들로 가득 차 있었습니다. 밤새 읽고 다음 날 세상을 봤는데 세상이 정말 달리 보이는 거예요. 때문에 현대에도 데리다나 들뢰즈 등 서구 철학자들에 의해 노자가 각광을 받는 것도 무리가 아니라고 봐요. 모범생으로 일상적인 삶만을 살아온 사람들에게 『노자』는 꼭 한번 읽어 봐야 할 책입니다. 제가 주변적인 가치를 중시하게 된 단초는 아마 『노자』에게서 비롯되었을 것입니다. 『노자』를 읽고 그런 감동을 느꼈고 후에 학문을 하면서 『산해경』 같은, 당시에는 중시되지 않았던 책에 주

목하게 되고 또 그 안에서 주변의 가치를 발견하게 된 것이니까요.

1985년에 『산해경』을 번역하고 나서 선배들로부터 "경전같이 무게 있는 책을 번역해야지 이런 가치 없는 책을 도대체 왜 번역했느냐?"라는 이야기를 많이 들었어요. 또 이후 신화·도교와 같은 상상력 연구에 전념할 때에도 마찬가지 이야기를 들었고 어떤 선배는 심지어, "그런 공부 계속하면 앞으로 학계에서 고립될 것"이라고 경고까지 했습니다. 위와 같은 행위들은 실상 상상력에 대한 억압이었던 것이죠. 도교나 신화 등은 모두 이야기와 이미지 등을 통해 자신의 취지를 전달하는 것들이거든요. 이러한 것들은 근엄한 경학자나 이성주의자의 입장에서 보면 굉장히 불온할 수밖에 없죠. 우리 학계는 당시 경학 정통론적 입장이 지배하고 있었고, 지금도 그런 풍조가 없다고는 말할 수 없는 실정이지요. 그렇지만 제가 주장하고 싶은 것은 그것은 중국 학계에서의 정통이지, 왜 한국에서까지 그런 정통을 고수해야 하느냐는 것이었어요. 중국 사람들은 그렇다 하더라도, 우리는 그것에서 충분히 자유로워질 수 있는데 말이지요. 그들은 자기들 스스로 합의해서 정통을 세운 것이니까 따르는 것이 무방하지만 우리가 굳이 그럴 필요가 있느냐는 거죠. 어쨌든 『노자』는 제게 마치 달의 뒷면을 본 것과 같은 상당한 충격을 주었지요. 그런 의미에서 저는 『노자』를 후학들에게 또 하나의 필독서로 권하고 싶군요.

편집부: 선생님께서 지금까지 이룩하신 많은 학술 업적 가운데 다른 동학들이나 후학들이 꼭 읽어 봤으면 하는 것을 추천해 주시면 감사하겠습니다. 굳이 대표 저서나 논문보다는 문제의식을 고취할 수 있는, 아니면 상상력이란 논제를 같이 토론할 수 있는 그런 것을 중심으로 소개해 주셔도 괜찮습니다.

정재서: 몇 가지 생각나는 것이 있네요. 먼저 제 첫 번째 계간지 글의 제목이자 책 제목인 『동양적인 것의 슬픔』을 들 수 있을 것 같습니다. 특히

이 책에 실린 「고구려 고분 벽화의 신화, 도교적 제재에 대한 새로운 인식」 이란 논문은 상호 텍스트적 중국 신화관과 고구려 문제에 대한 대안을 제시한 글로서, 새롭게 사고 틀을 만들어 가는 사람들에게 꼭 보라고 권하고 싶어요. 중국과 서양의 틈바구니에서 양자를 지양하면서 우리의 입장을 세워 나가고자 할 때 이 책이 가장 유익할 것 같습니다.

신화나 상상력 쪽으로 좀 더 진입하고자 한다면 『이야기 동양 신화-동양의 마음과 상상력 읽기』가 있지요. 이 책은 비록 겉모습은 대중적이긴 하지만 해설 자체는 만만하지 않아요. 중국 신화를 중국 신화로만 읽지 않고 동양 신화의 차원에서 보고 우리 문화와 연관시켰기 때문에 딱딱한 이론서들보다는 이 책을 통해서 동양 문화의 원형을 쉽게 알 수 있을 겁니다. 또한 북경·일본·대만에서 수집한 좋은 이미지들을 많이 수록했기 때문에 시각적으로도 볼거리가 많다는 장점도 있고요. 이 방면의 순수 학술서로는 한국 출판 문화상 저작상을 수상한 『불사의 신화와 사상』을 들 수 있는데, 이 책 역시 신화라든가 도교적인 것들, 그리고 상상력을 중국 문학과 관련시켜서 쉽게 풀어냈기 때문에 중국의 상상력이 어떤 내용이고 어떻게 문학으로 변용되었는지를 용이하게 파악할 수 있을 겁니다.

결론적으로, 접근하기 쉬운 이야기책으로서는 『이야기 동양 신화』가, 학문적으로는 『불사의 신화와 사상』이, 입문서로는 『동양적인 것의 슬픔』이 적합할 것 같다는 생각이 듭니다. 소설론 쪽에서는 당시 쟁론을 야기하였던 「중국 소설의 이념적 정위(定位)를 위한 시론-발생론을 중심으로」(《중국소설논총》 Ⅲ, 중국소설연구회편, 1994년 10월)이란 논문을 추천하고 싶습니다. 학인들로 하여금 중국 소설에 대해 근본적으로 다시 생각하게 했던 논문이라는 평가를 받았는데, 지금은 어느 정도 그런 사고가 일반화되었다고 봅니다. 끝으로 「원유(苑囿), 제국 서사의 공간」(《중국문학》, 제38집, 2002년 12월)도 추천하고 싶은 논문입니다. 이 논문은 일본 교토에서 발표되어 《요미우리

신문》에서 뜻밖의 호평을 받은 바 있습니다. 사마상여(司馬相如)의 부(賦)에 대한 분석을 통해 한대(漢代) 문화의 상호 텍스트성을 규명한 논문인데 흥미로울 것입니다. 종래 어용 문학으로 간주되어 심각히 다루어지지 않았던 부를 현대 문화 연구의 방법으로 분석하여 새로운 의미를 드러냈습니다. 저는 학문과 대중과의 간극을 글쓰기를 통해 해소하는 노력을 해야 한다고 봅니다. 특히 계간지에 쓰는 글쓰기의 수준과 우리 학회지에 쓰는 글쓰기의 수준이 잘 맞아 떨어질 수 있다면 굉장히 좋다고 봅니다. 대중성도 확보하고 학문성도 견지할 수 있으니까요. 어쩌면 바로 이런 것들이 우리 학문이 나아가야 할 길들 중의 하나가 아닌가 하는 생각도 하고요.

편집부: 마지막으로 선생님께서 계획하고 계신 향후의 학술 연구 계획을 말씀해 주신다면 어떤 것이 있을까요?

정재서: 이제는 동아시아 상상력 혹은 동아시아 서사의 체계를 세계 문학의 맥락에서 봐야 할 때가 아닌가 싶습니다. 내가 중국에 대해서 이야기했더라도 그것이 세계를 향한 발언일 수 있어야 한다는 말이죠. 이것은 정체성의 문제를 초극한 경지입니다. 정체성 자체에 매달려야 할 때도 있지만 궁극적으로 그 정체성이 보편적인 정서와 보편적인 감정으로 승화되어야 한다고 봅니다. 앞으로 중국 문학은 세계문학 속에서 특정한 주제로서 분류되는 것이 아니라 보편적인 주제로서 간주되어야 한다고 봐요. 가령 아마존에서 책을 검색할 때『산해경』의 상상력에 대한 연구서가 굳이 중국 문학이라는 분류 항목까지 가지 않고 상상력이라는 일반 항목에서 찾을 수 있을 정도로 우리의 논의가 보편성을 획득해야 한다는 말입니다. 저는 세계에 대해 발언할 수 있는 동아시아 상상력 혹은 동아시아 서사에 관한 책들을 구상하고 있습니다. 그것이『산해경』에 관한 것이 될지, 도교에 관한 것이 될지는 모르겠지만.

편집부: 많은 동학과 후학들에게 다시 한번 한국에서의 중국학을 하는

것의 의미, 동아시아의 상상력에 대해 생각할 기회가 될 것 같습니다. 감사합니다.

(《중국소설연구회보》2005년 제63호)

제3의 동양학을 위하여

1판 1쇄 찍음 2010년 11월 12일
1판 1쇄 펴냄 2010년 11월 19일

지은이 정재서
발행인 박근섭, 박상준
편집인 장은수
펴낸곳 (주) 민음사

출판등록 1966. 5. 19. (제 16-490호)
서울시 강남구 신사동 506 강남출판문화센터 5층 (135-887)
대표전화 515-2000 / 팩시밀리 515-2007
www.minumsa.com

ISBN 978-89-374-2695-7   03800